www.b-books.co.kr

www.b-books.co.kr

헌터 레볼루션

헌터 레볼루션

1판 1쇄 찍음 2020년 4월 16일
1판 1쇄 펴냄 2020년 4월 22일

지은이 | 정사부
펴낸이 | 정 필
펴낸곳 | (주)뿔미디어

편집장 | 문정흠
기획 · 편집 | 정대영

출판등록 | 2002년 9월 11일 (제081-1-132호)
주소 | 경기도 부천시 원미구 소향로 17번길(두성프라자) 303호 (우) 14544
전화 | (032)651-6513 / 팩스 032)651-6094
E-mail | bbulmedia@hanmail.net
비북스 | http://www.b-books.co.kr

값 8,000원

ISBN 979-11-6565-072-8 04810
ISBN 979-11-315-9849-8 04810 (세트)

BBULMEDIA FANTASY STORY

헌터 레볼루션

정사부 현대 판타지 장편 소설

11

1. 정령사

대한민국 정부는 몬스터에 의해 점령된 옛 북한 지역에 대한 국토 수복 계획이 발휘된 지 정확히 1년이 되는 시점에서 1차 종료를 선언했다.

그와 동시에 동원령이 내려진 것이 해지되면서 헌터들은 각자 자신의 집으로 돌아갈 수 있게 되었다.

지난 1년 동안 북한 지역에 있던 몬스터를 상대하느라 헌터들은 상당히 지친 상태였다.

그들은 동원령이 해제되자마자 집으로 돌아갔는데, 처음 헌터 동원령이 떨어져 소집될 때 죽을상을 하던 것과는 전혀 반대의 모습으로 귀향길에 오르고 있었다.

그도 그럴 것이, 이번 동원에 상당히 많은 보상을 받기 때문이었다.

대한민국 헌터계 역사상 지금까지 동원령이 떨어진 것은 열 번이 채 되지 않았다.

그때마다 국가적 위험으로 많은 희생이 있었는데, 헌터들이 동원령을 꺼리는 것은 그러한 희생 때문만은 아니었다.

헌터는 자신의 목숨을 내놓고 몬스터를 상대로 돈을 버는 직업이었다.

그런데 헌터 동원령이 떨어지게 되면 그러한 위험성과 힘든 것에 비해 보상이 너무나도 적었다.

물론 예외적으로 재작년 양양에서 나타난 어스 드레이크 때의 동원령처럼 보상이 후한 적도 있기는 했지만, 그런 경우는 정말로 극히 드문 케이스였다.

더욱이 그때는 대형 길드에서 파견된 고위 헌터들 위주였다.

때문에 그들의 눈치를 보느라 그런 후한 보상을 준 것일지도 모른다는 소문까지 날 정도였으니 말이다.

하지만 이번 국토 수복 계획에 참가한 이들은 여느 헌터 동원령과는 다르게 아주 막대한 보상을 받았다.

물론 1년 동안 몬스터 왕국이라 불리는 옛 북한 지역에서 흉포한 몬스터와 전쟁을 치른 헌터들에 대한 보상치고는 아주 작은 것이라 할 수 있었지만 말이다.

그러나 그동안 정부가 동원된 헌터들에게 보상을 주던 것에 비하면 무척이나 많은 것은 확실했고, 그렇기에 집으로 돌아가는 헌터들의 표정은 그 어느 때보다 밝았다.

한데 이렇게 동원한 헌터들에게 기존과 다르게 많은 보상을 해 줄 수 있는 이유는 따로 있었다.

그건 바로 재식이 길드장으로 있는 언체인 길드와 헌터 협회의 협력으로 거둬들인 성과 때문이었다.

동원된 대형 길드들은 정부와 체결한 이면 계약을 통해 보다 많은 땅을 차지하기 위해 많은 자원을 아끼지 않고 사용하며 노력해 왔다.

하여 국토 수복 계획이 시작하기 전에 그들은 헌터 협회를 찾아왔다.

"우리는 우리만의 방식으로 진행하겠습니다."

그러한 것을 보여 주기 위해서라는 듯 그들은 하나같이 막대한 양의 물자와 인원을 모아 헌터 협회에 말을 걸었다.

그들은 이미 수많은 레이드 경험이 있기 때문에 기존의 방식으로 정면 승부를 한다는 뜻이었다.

아무리 정재계의 충실한 개 노릇을 하는 대형 헌터라고는 하지만, 헌터 협회의 입장에서는 마냥 두기만 할 수가 없었다.

하여 더 나은 방법을 강구해 보려 했으나 시간은 촉박하고, 그들은 말을 들을 생각조차 하지 않았다.

결국 대형 길드의 뜻대로 일은 진행이 되었다.

하나 그들의 생각과는 다르게 몬스터와의 전투는 쉽지 않았다.

많은 피해는 물론이고, 뚜렷한 성과도 내지 못하였다.

반면에 재식은 여느 길드들과는 다르게 몬스터 퇴치가 아닌 거점 확보에 집중해 일을 진행했다.

더욱이 재식과 헌터 협회에서 지원해 준 팀 유니콘 같은 경우에는 소수 정예라 칭할 수 있었다.

그렇기에 다른 대형 길드가 몰려 있던 전선들에 비해 몬스터 무리의 수가 적었고, 덕분에 비교적 상대하기에 수월했다.

물론 전체적으로 상대한 몬스터의 숫자만으로 치자면, 그들과 거의 다르지 않았다.

다만, 언체인 길드의 헌터들 규모가 대형 길드에 비해 상대적으로 작다 보니 몬스터의 수도 적을 수밖에 없는 건 당연했다.

즉, 재식과 헌터 협회는 각개격파로 몬스터를 사냥하는 반면, 다른 전선의 헌터들은 그 규모 때문에 대회전을 벌이는 일이 잦았다.

그러다 보니 그들은 몬스터와 일진일퇴의 공방을 할 수밖에 없었고, 국토 수복이란 애초 계획과는 조금 다른 성격의 전투를 연이어 벌이게 되었다.

물론 대규모 회전에서 대승을 한다면 보다 쉽게 넓은 지역을 확보할 수 있었을 것이다.

하지만 북한 지역이 괜히 몬스터 왕국이라 불린 것이 아니었다.

힘들게 전투에서 승리한다 하더라도 어디서 그렇게 많은 몬스터가 몰려오는 것인지, 하루가 지나면 전날 죽인 숫자보다 더 불어나 있었다.

그러다 보니 많은 인원이 몰려 있는 전선은 전진이 쉽지 않은 반면, 재식이 있는 곳은 오히려 상대하는 몬스터의 숫자가 갈수록 줄어들었다.

그런 이유로 재식과 헌터 협회는 빠르게 북상하며 옛 북한 지역을 몬스터로부터 수복할 수 있었다.

게다가 수복한 지역에 방어진지를 건설하다 보니 이들이 지나간 자리에 다시 몬스터가 자리를 잡는 일이 없었다.

덕분에 수복한 지역에 대한 개발도 거의 동시에 진행되다 보니 언체인 길드와 헌터 협회는 상당한 자금을 축적할 수 있었다.

처음 헌터 협회에서 수복한 지역에 대한 분양을 할 때만 해도 아무도 믿는 이가 없었다.

아직 국토 수복이 완료되지도 않은 시점에서 분양을 한다고 하니, 그 기회를 복 빠지게 기다리고 있던 재계에서소차도 쉬이 믿지 않았다.

하지만 그것도 잠시, 재식이 꾸려 놓은 현장을 확인한 기업들은 너나 할 것 없이 분양에 뛰어들기 시작했다.

예전 남한이라 불리던 곳은 새로운 사업을 꾸리기에 포화인 상태였다.

더욱이 차원 게이트가 발생하고 게이트 브레이크가 터지면, 그 일대는 폐허가 되는 거나 다름없었다.

그런데 어찌 된 일인지 수복된 북한 지역은 더 이상 차원 게이트가 발생하지 않았다.

이 때문에 헌터 협회에서는 이러한 상황에 대해 많은 연구를 하였지만, 원인을 알아내지 못해 연구는 흐지부지되었다.

하지만 기업인들에게 차원 게이트가 발생하지 않는 이유는 그리 중요한 것이 아니었다.

결론적으로 안정적인 생산 활동을 할 수 있다는 정보가 그들에게 들어가면서 수복한 북한 지역에 대한 프리미엄이 붙기 시작했다.

그 덕분에 헌터 협회의 분양은 순식간에 끝나 버렸다.

그러다 보니 선점을 하려던 대형 길드들은 재식과 헌터

협회가 먼저 선수 치는 바람에 이를 지켜보며 손가락만 빨았다.

그럴 수밖에 없는 것이, 자신들은 이제야 겨우 몬스터를 몰아냈기 때문이다.

현재는 동맹을 맺고 함께한 길드들과 수복한 지역을 분할하는 시점이었는데, 헌터 협회는 언체인 길드와 손을 잡고 수복한 지역에 대한 분양을 벌써부터 시작하고 있으니 어떻게 할 도리가 없었다.

더욱이 언체인 길드가 비록 규모는 작지만, 길드장부터 그 이하 길드원들 모두가 정예였다.

어떻게 그렇게 정예화 한 것인지 알 수는 없지만, 언체인 길드의 소속은 모두가 고위 헌터로 불리는 6등급 헌터들이었다.

일반적인 헌터 길드에는 각 구성원이 피라미드 형식으로 하급 헌터가 가장 많이 분포하고 있고, 그 위로 올라갈수록 좁아지는 형태였다.

하지만 언체인 길드의 구성을 보면, 길드장인 정재식을 빼고는 모두가 수평적으로 등급이 비슷했다.

이 때문에 언체인 길드에 불만을 표출하고 싶어도 쉽사리 할 수가 없었다.

적은 수 만으로도 웬만한 대형 길드와 비슷한 전력을 가지고 있기 때문이었다.

길드원뿐만 아니라 길드장인 재식도 문제였다.

국토 수복 계획 진행 중 나타난 역대급 크기의 대형 몬스터의 출현.

그때 보여 준 언체인 길드의 길드장이자 네 번째 S급 헌터인 재식의 무위는 엄청났다.

보는 것만으로도 헌터들을 압도하는 변신 능력에 불, 물, 대지, 바람 등의 모든 이능을 사용하였다.

또한 이제는 공공연한 비밀이 되었지만, 시중에 유통되고 있는 최고의 헌터 장비인 아이템 제작자였다.

헌터로서의 능력뿐만 아니라 재식은 무구 제작자로서도 이제는 대한민국에서 이름 높은 사람이 되었다.

그러다 보니 대형 길드도 이제는 재식이나 언체인 길드를 함부로 대할 수가 없게 되었다.

막말로 재식이 자신을 적대한 길드에게 아이템 판매를 하지 않을 수도 있었다.

게다가 적대 길드에 아이템을 몰아준다거나 용병으로 참여를 할 수도 있는 노릇이었다.

만약 그렇게 된다면 큰 낭패를 볼 수도 있었다.

아무리 대형 길드이고, 또 10대니 100대니 한다지만, 헌터 길드의 목적은 결국 자신들의 발전과 이득에 있다.

그러다 보니 조금이라도 더 큰 이득을 얻기 위해서라면 무엇이든 하려 할 것이다.

그들에게 동맹이란 것은 아무런 쓸모가 없는 단어일 뿐이었다.

더 큰 이득을 줄 수 있는 곳과 손을 잡기 위해서라면, 그동안 맺고 있던 동맹 관계를 청산하는 것은 그다지 어렵지 않은 일.

그러한 이유로 많은 길드들은 옛 북한 지역의 수복이 끝난 뒤로 재식과 언체인 길드의 행보를 몰래, 혹은 대놓고 지켜보는 상황이었다.

그러다 보니 어떠한 길드도 언체인 길드의 행보에 딴지를 걸지 않았다.

헌터 협회의 경우는 더욱이 그러했다.

재식과 손을 잡고 국토 수복 계획에 발을 걸치면서 정부와 재계 양쪽으로부터 사실상 독립을 한 상황이었다.

그동안 한국의 헌터 협회는 정부의 기관이었다.

사실상 재계에서 던져 주는 후원금으로 조직이 돌아간다고 할 수 있었다.

이로 인해 제대로 된 독립된 기관으로, 헌터의 권리에 대한 입장을 표명하기가 쉽지 않았다.

때문에 헌터 협회는 정부와 재벌들의 개라는 오명까지 듣기도 하니, 어찌 보면 억울할 만도 했다.

하지만 이제는 더 이상 그럴 필요가 없게 되었다.

옛 북한 지역에 대한 일정 이상의 지분을 가지게 되어 막

대한 수익을 냈기 때문이다.

정치권 일각에서는 이런 헌터 협회의 수익성 문제에 딴지를 걸고 이를 회수하려 하였지만, 그러한 움직임은 초기에 완전하게 진압되었다.

그도 그럴 것이, 그동안 헌터 협회가 정치권이나 재계에 힘을 쏟지 못한 것은 무력적인 힘과 권한이 없어서가 아니었다.

오직 금력.

권한은 있지만 이를 실행할 여유가 없던 것이다.

재정적 자립이 되지 않는 상태에서 정부나 재계와 맞서는 것은 어려울 수밖에 없었다.

하지만 재정이 안정적인 상태에서는 이야기가 조금 달랐다.

세상을 움직이는 힘이 여러 가지가 있다지만, 그중 헌터 협회가 가지고 있는 것은 무력.

원초적인 힘의 상징이었다.

물론 그것을 아무런 명분 없이 휘두른다면 어느 누구도 헌터 협회의 말에 따르지 않을 터였다.

한데 헌터 협회는 언제나 국민과 헌터의 권리를 두고 자신들의 뜻을 펼쳤다.

다만, 권력을 쥔 정치인이나 재력을 가진 재벌들 때문에 날개를 펴지 못하고 있었을 뿐.

하지만 이제는 아니다.

재벌들이 그동안 큰소리치던 것도 모두 그들이 가진 재력과 그걸 지킬 수 있는 헌터 길드를 가지고 있기 때문이다.

하나 그것의 상위호환 격인 헌터 협회가 제대로 힘을 발휘하자, 재벌들도 더 이상 헌터 협회의 일에 마음대로 간섭할 수가 없었다.

이로 인해 그동안 대형 길드의 갑질에 비명을 지르던 소형 길드나 헌터들은 헌터 협회의 정책에 환호를 보내기 시작했고, 그러면서 헌터 협회의 영향력은 더욱 커져만 갔다.

덕분에 대형 길드가 독점하고 있던 일부 몬스터 필드의 경우 독점권이 회수되면서 중급 헌터들의 숫자가 급격히 늘어나기 시작했다.

이것이야말로 헌터 협회가 힘을 발휘하여 얻은 가장 큰 수확이라 할 수 있었다.

경제든 단체든 중간이 탄탄해야 발전할 수 있다.

대형 길드들은 자신들의 안정적인 벌이를 위해 몬스터 필드를 막아 놓는 파렴치한 짓을 벌였다.

한데 헌터를 키울 수 있는 몬스터 필드를 개방해 버리자, 소형 길드나 일반 헌터들의 레벨이 급격이 늘어났다.

이런 것을 보면 대형 길드가 평소에 얼마나 많은 해악을 끼친지를 알 수 있었다.

어쨌든 정부의 뜻하지 않은 국토 수복은 대한민국을 약동하게 만들었다.

현재 많은 나라들이 대격변으로 인해 몬스터에게 땅을 빼앗기고 이를 회복하지 못하고 있었다.

그러한 상황에서 대한민국만이 유일하게 국토를 수복한 것이다.

이 때문에 지구상에 있는 많은 나라들이 대한민국을 다시 보게 되었다.

한때는 헬조선이라는 자국민들의 한탄과 그로 인한 인재 유출이 심각했다.

특히나 주변을 둘러싼 강대국들은 이러한 대한민국을 낮춰 보며 무시하기도 했다.

그런데 다른 나라의 도움을 받지 않고, 홀로 몬스터 왕국이라 불리는 옛 북한 지역을 몬스터로부터 되찾았다.

심지어 그 과정에서 재앙급 몬스터마저 출현하였는데, 초반을 제외하고는 별다른 피해도 없이 손쉽게 물리쳤다.

이전에도 한국의 헌터는 강하다는 인식이 있었지만, 이제는 이를 넘어 특별하다고까지 뇌리에 박히게 되었다.

국토 수복 전, 해외의 많은 나라들은 한국의 헌터들에게 의뢰를 하여 자국에서 감당하기 힘든 몬스터들을 처리하곤 했는데, 성공적으로 대한민국 정부의 계획이 마무리되자 그러한 움직임은 더욱 활발해졌다.

특히나 언체인 길드에 대한 의뢰가 가장 많았지만, 길드 장인 재식은 아직까지 해외 파견에 대한 계획을 가지고 있지 않았다.

물론 언젠가는 언체인 길드도 파견을 생각해 봐야 하겠지만, 현재까지는 인원 부족으로 그럴 여유가 없었다.

*　　　　*　　　　*

맴! 맴! 맴! 맴!

아직도 무더위가 기승을 부리는 8월의 어느 날.

진숙은 더위를 피하기 위해 인근 계곡으로 가족과 함께 물놀이를 왔다.

졸졸졸—

계곡의 일부를 돌무더기로 막아 작은 수영장처럼 만들어 놓은 곳에서 발을 담그고 있었는데, 계곡물이 깊은 골짜기에서 흘러나와서 그런지 유난히도 차갑게 느껴졌다.

그녀는 그렇게 더위를 식히며 물놀이를 하는 아이들의 모습을 흐뭇하게 바라봤다.

한가로운 8월의 더위였다.

하지만 그런 평화는 얼마 가지 못했다.

그도 그럴 것이, 계곡 반대편에 있는 수풀이 살짝 흔들리더니, 그곳에서 몬스터가 튀어나왔기 때문이다.

비록 그 몬스터가 몬스터 중 최하급이라 불리는 고블린이라고는 하지만, 신숙은 헌터도 아닌 그저 아이들과 물놀이를 나온 가정주부일 뿐이었다.

"꺄아!"

"엄마아!"

"으아앙."

갑작스러운 흉측한 몬스터의 출현에 물놀이를 하던 아이들 중에서 비명이 터져 나왔다.

진숙은 비명 소리에 놀라 급하게 고개를 돌렸다.

그렇게 아이에게 눈을 맞춘 그녀는 보고야 말았다.

자신의 딸이 고블린과 얼마 떨어지지 않은 곳에 있다는 것을.

"아, 안 돼!"

느닷없는 몬스터의 출현에 물놀이를 하던 사람들은 비명을 지르며, 그곳에서 멀어지기 위해 물에서 빠져나왔다.

하지만 비명 소리에 놀란 진숙의 어린 딸은 자신과 몇 미터 떨어지지 않은 곳에서 무섭게 생긴 몬스터가 다가오는 것에 놀라 울먹였다.

"엄, 엄마! 으앙~ 엄마, 무서워!"

결국 진숙의 딸은 그렇게 고블린을 보며 무서움에 울음을 터뜨리고 말았다.

"아악! 안 돼! 수정아!"

진숙은 비명을 지르며 딸의 이름을 불렀다.

"제발! 누구라도 제 딸을 구해 주세요. 제발요!"

고블린을 보며 놀라 울부짖는 딸의 모습에 진숙은 속이 타들어 갔다.

그녀는 누군가에게 도움을 청하며, 무작정 딸이 있는 곳으로 달렸다.

그런데 이때, 기적과 같은 일이 벌어졌다.

갑자기 물이 일렁이더니 마치 화살 같은 것이 고블린을 향해 날아갔다.

휘익—

끼에엑!

느닷없는 공격에 고블린은 자신을 향해 날아오는 물 화살을 보며 비명을 질렀다.

퍽!

날아간 물 화살은 정확하게 고블린의 턱 밑으로 파고들어 머리를 꿰뚫어 버렸다.

그렇게 고블린은 그 자리에서 생을 마감했다.

"아!"

진숙은 딸에게 달려가던 것을 멈추고 주변을 살폈다.

물로 이루어진 화살이 날아온 계곡 어디에도 몬스터를 죽인 헌터의 모습은 보이지 않았다.

그런데 주변을 살피던 진숙에게 이상한 것이 눈에 띄었다.

그것은 바로 조금 전까지만 해도 비명을 지르며 울던 자신의 딸의 모습이었다.

마치 누군가가 있는 것마냥 계곡물 어딘가를 보며 말을 하고 있었다.

"수정아, 누구랑 이야기하고 있는 거니?"

진숙은 조심스러운 목소리로 딸에게 물었다.

"어, 엄마! 나 친구 생겼다."

"친구?"

"응. 엄청 귀엽게 생겼어."

"친구는 어디 있는데?"

"여기 있어."

진숙은 자신의 딸이 친구라 부르는 존재를 확인하기 위해 딸 수정이 가리킨 곳을 쳐다보았다.

하지만 그녀의 눈에는 잔잔하게 흐르는 계곡물만이 보일 뿐 딸이 말한 친구라는 존재는 보이지 않았다.

'뭐지?'

딸이 무엇을 보고 자신의 친구라고 부르는 것인지 진숙은 알 수 없었다.

"여기 있잖아."

"일단 거기서 나와. 몬스터가 더 나올 수도 있으니까. 얼른!"

"친구가 저기 몬스터는 이미 잡아 줬는데."

"뭐라고?!"

"그 친구 어디 있니."

"여기, 여기!"

하지만 그녀에게는 여전히 아무것도 보이지 않았다.

*   *   *

정부의 국토 수복 계획이 끝나기가 무섭게 헌터 협회에는 정신이 없을 정도로 일거리가 쏟아졌다.

수복한 국토를 분배하고 경매를 붙이는 한편, 지금까지 얻은 곳을 정리하였다.

사실 여기까지는 이미 예상한 것이기에 협회는 미리 준비를 해 놨다.

하지만 정작 일이 터진 곳은 따로 있었다.

바로 자신이 각성을 한 것 같다거나, 혹은 지인 또는 가족이 각성을 한 것 같다는 신고가 접수되었기 때문이다.

물론 각성자는 이미 매년 꾸준히 나오고 있었지만, 이번에 생긴 각성자는 이전과는 전혀 다르게 무언가를 소환할 수 있다는 내용이었다.

그것은 특이하게도 각성 헌터들처럼 속성의 능력을 가지고 있으면서도 정작 기존의 각성 헌터와는 모든 것이 달랐다.

그들은 타인의 눈에는 보이지 않지만 자신의 곁에 속성을 갖은 정령이 부탁을 들어준다고 말하였다.

협회는 그러한 주장에 이번에 각성한 이들을 직접적으로 테스트를 해 보았는데, 거짓이 아니란 것을 알고는 더욱 갈피를 잡지 못했다.

이러한 사람들의 주장과 또 능력을 확인을 하였지만, 한참을 고심하고 회의한 끝에 이들을 헌터로 받아들일 수는 없다는 결론을 내렸다.

그 이유는 바로 이들의 능력이 현장에서 몬스터를 사냥할 정도까지는 성숙하지 않았기 때문이다.

즉, 능력이 발현되는 것은 맞지만, 강하지 못하다는 것이었다.

하나 이들이 각성한 정령의 힘이 아직은 강하지 않은 것만이 이유는 아니었다.

무엇보다도 각성한 자들의 나이가 너무 어리다는 것이 가장 큰 문제였다.

이런 특이한 각성을 한 이들의 연령은 대체로 10대가 대부분이고, 10대인 경우도 대개가 14세 미만의 아이란 점에 있었다.

하니 정신적으로 성숙되지 않아 범죄를 저지르더라도 처벌을 받지 않는 연령이라 이를 악용할 우려가 있다는 의견이 나왔다.

이러한 이유 때문에 헌터 협회는 참으로 난감했다.

사실 각성 헌터도 대체로 이른 나이에 각성을 하는데, 이들의 경우에도 힘을 통제하지 못해 사고를 치는 경우가 종종 있었다.

대격변 초기에는 어린 각성자 때문에 무척이나 혼란스러웠지만, 세월이 지나면서 방도를 찾아 시행했다.

그건 바로, 그들을 모아 헌터 협회의 별개 기관에서 교육을 통해 자신의 힘을 통제하는 걸 가르치는 것.

그러다 보니 각성 헌터에 대한 혼란도 자연스럽게 해결이 되면서 지금에 이르렀다.

하지만 이번에 새롭게 등장한 정령의 힘을 각성한 아이들의 경우 그 연령이 더욱 내려가 있었다.

때문에 이들만 따로 모아 교육시킬 방법을 헌터 협회에서는 가지고 있지 않았다.

그저 속성을 각성해 힘이 강해진 것이라면 그것을 통제하는 방법을 가르치면 되겠지만, 정령이란 보이지 않는 존재를 어떻게 다루는지 설명을 하는 것부터 난감한 일이었다.

일단 14세 미만의 어린아이들에게 그것을 어떻게 인식시킬 것인지가 문제였다.

하지만 더욱 중요한 것은 이런 아이들을 가르칠 사람이 없다는 것.

정령을 소환할 수 있는 대부분이 어린아이였고, 어른 중에 있다 하더라도 그들조차 교육을 받아야 할 초보 각성자였다.

이러한 문제로 헌터 협회에서는 일단 판단을 보류하였지만, 일부 아이들의 보호자들은 생각이 달랐다.

헌터란 직업의 장점을 너무나 잘 알기 때문이었다.

이들은 헌터가 어떤 위험에 노출되는지 보다는 벌어들이는 수익에 대해 관심을 가지는 경우가 대부분인 것이었다.

그렇다 보니 보호자들은 막무가내로 헌터 협회를 찾아가 자식을 헌터로 등록시키려 하였고, 반대로 협회에서는 여러 이유를 들먹이며 막으려 애쓰고 있었다.

이렇게 양측의 주장이 첨예하게 대립하니, 협회 건물은 연일 소란스러울 수밖에 없었다.

*   *   *

"헌터 협회는 각성자를 차별하지 마라!"

"차별하지 마라!"

"헌터 협회는 새로운 각성자를 인정하라!"

"인정하라!"

대한민국 헌터 협회 본관 입구에는 수십여 명의 사람들이 모여 있었다.

머리에 붉은 띠를 두른 채 한 손에는 태극기, 또 한 손에는 무슨 뜻으로 가지고 온 것인지 모를 미국 국기를 들고서 농성을 했다.

"하, 오늘도 또 모였군."

막 헌터 협회 본관으로 들어가던 직원들은 꽹과리와 북을 두드리며, 요란하게 구호를 외치고 있는 자들에게 한마디씩 했다.

그런 사람들이 한두 명이 아니었다.

저벅저벅.

헌터 협회를 찾은 재식도 협회로 들어가다가 시위를 벌이고 있는 것을 보게 되었다.

'무엇 때문에 저렇게 시위를 하는 거지?'

재식은 북한 지역의 수복과 최상급 물의 정령인 슈마리온의 의뢰로, 오랫동안 협회를 찾지 않았다.

의뢰를 마치고 계약을 하게 된 4대 속성의 최상급 정령들에 대한 적응과 정령에 대한 수련으로 한동안 세간과 소식을 끊고 있던 중이었다.

때문에 지금 사람들이 시위를 벌이고 있는 이유를 알지 못해 재식은 잠시 그들을 쳐다보다가 이내 협회 건물 안으로 들어갔다.

＊　　　＊　　　＊

똑똑.

"회장님, 언체인 길드의 정재식 길드장께서 왔습니다."

협회장의 비서가 문을 열고 들어와 보고를 하였다.

"어서 들어오라고 하게나. 그리고 마실 것 좀 부탁하네."

한참 업무를 보고 있던 김중배는 서류에서 눈을 때고 자리에서 일어났다.

"그동안 잘 계셨습니까?"

재식은 오랜만에 보는 김중배 협회장에게 정중히 인사를 하였다.

"하하! 어서 오시게, 정재식 길드장."

김중배는 호탕하게 웃으며 재식을 반겼다.

헌터 협회장이 일개 헌터 길드장을 보며 이렇게 반기는 것은 조금 이상한 일이라 할 수 있지만, 김중배로서는 당연한 일이었다.

그동안 한 고된 일에 비해 정부에 눌리고, 재계에 치이고, 대형 길드의 무시를 받던 헌터 협회였다.

하지만 재식과 언체인 길드로 인해 상황이 바뀌었다.

정부와 재계로부터 받던 지원에서 벗어나게 돼 이제는 누군가의 눈치를 볼 필요가 없어졌기 때문이다.

그러다 보니 정부의 부당한 압력과 재계의 어처구니없는 갑질, 그리고 대형 길드에 대한 불합리한 처결에 단호해질 수 있게 되어 이제야 진정한 헌터 협회로 자리 잡을 수 있었다.

이렇게 자립하게 된 헌터 협회이다 보니, 일이 이전보다 더 많이 늘어났다.

예전에는 정부와 재계, 그리고 대형 길드들의 요구에 적당히 들어주는 척만 하면 되었지만, 이제는 그럴 필요가 없게 되었으니 주도적으로 할 일이 늘어나게 된 것이다.

그동안 재계와 연관된 몬스터 부산물에 대한 불합리한 계약도 철폐되었고, 대형 길드들의 부당 행위도 제재를 하였다.

그 때문에 여기저기서 불협화음이 들리긴 했지만, 김중배 협회장은 이에 굴복하지 않고 끝까지 밀어붙이고 있었다.

그만큼 헌터 협회의 힘이 커졌기에 가능한 일이다.

물론 대형 길드들이 들고일어난다면, 헌터 협회만의 힘으로는 그들을 모두 막을 수는 없을 터였다.

하나 대형 길드의 부당 행위를 맥없이 두고 보지 않을 정도의 힘은 생겼다.

그러니 김중배는 억눌린 분노를 풀기라도 하듯 이전과는 다른 행보를 보이고 있었다.

게다가 그렇게 할 수 있는 배짱의 이면에는 재식의 도움이 상당한 지분을 가지고 있기에 몇 개월 만에 보는 것임에도 이렇게 반기는 것이었다.

"그런데 정부의 프로젝트가 끝난 지도 몇 개월이 지났는데, 지금까지 어디에 있던 건가?"

김중배 협회장은 정부가 진행한 국토 수복 계획이 완료된 뒤에도 불구하고, 재식이 몇 개월 간이나 행방불명된 것에 대해 물었다.

국토 수복이 끝나고 재식을 찾기 위해 협회에서 사람을 풀었는데, 그는 그 어느 곳에서도 발견되지 않았다.

심지어 그가 길드장으로 있는 언체인에도 얼굴 한 번 비추지 않고, 말 그대로 행방이 묘연한 것이었다.

사실 재식은 백두산 천지로 떠나기 전 언체인 길드에 이야기를 하고 자리를 떴다.

하지만 백두산에서의 일이 예상보다 길어지는 바람에 일이 살짝 꼬이게 되었다.

재식은 슈마리온이 의뢰한 일을 단순히 적당한 땅에 정령수의 씨앗을 심기만 하면 끝나는 것으로 생각했다.

그래서 빠르게 그것만 완수하고 올 생각으로 몇 가지 간단한 지시만 내린 채 백두산으로 홀로 간 것이었다.

한데 생각지도 않게 그곳에서 땅, 불, 바람 속성의 최상급 정령들과 계약을 하게 되었다.

때문에 그것을 수습하기 위해 백두산에서의 체류 기간이 상당히 길어졌다.

재식이 정령수의 씨앗을 심은 백두산은 이제 예전 한국인들이 알던 그 영산이 아니게 됐는데, 정령수의 씨앗이 천지에 자리를 잡으면서 그 일대가 정령계로 변한 것이다.

즉, 진짜 영산이 생겨났다는 말이다.

물론 그렇다고 해도 정령과 계약을 하지 못한 헌터나 일반인은 그곳에 가 봐야 정령계를 볼 수 없을 터였다.

하지만 다른 어느 지역보다 마력이나 정령력이 풍부하게 되다 보니, 헌터들은 던전에 들어간 듯 활력을 느낄 것이었다.

또한 일반인의 경우에는 풍부한 자연력으로 인해 가벼운 질병은 떨쳐 낼 수 있을 정도로 기운이 풍성했고, 이는 전설이나 설화에 나오는 생명의 땅과 비슷했다.

이런 곳에서 재식은 몇 개월을 보냈다.

사실 원칙대로라면 재식은 정령과 계약할 수 없는 몸이었다.

그 이유는 바로 재식이 익힌 흑마법.

마법 중 흑마법은 보통 마이너스 적인 기운을 띤다.

그러다 보니 자연 속성의 4대 정령뿐만 아니라 자연계 속성의 정령과 계약을 하는 것 자체가 불가능했다.

만약 흑마법을 익힌 재식이 계약을 하려 한다면, 오히려 정신계 정령들 중 어둠의 정령이 어울렸다.

혹은 일전에 전투를 벌인 광기의 정령과 같이 마이너스 적인 정령과 계약을 하는 것도 상성이 맞았다.

하지만 재식은 흑마법을 익혔으면서도 자연계 4대 속성의 최상급 정령과 계약을 하게 되었는데, 사실 이것도 재식과 계약을 한 정령들이 격이 있는 정령이기에 가능한 것이었다.

그 밑의 단계인 상급 정령만 되었어도 재식과 계약을 맺지 않을 것이 분명했다.

그렇게 약간의 정령력이 생기게 된 재식은 이미 그 힘을 경험해 보았기에 이를 적극적으로 키우기 위해 노력을 하였다.

백두산에 오래 머문 이유도 이에 관련돼 있었다.

슈마리온으로부터 부족한 정령력을 키우기 가장 좋은 곳이 정령수가 자리 잡은 정령계라는 소리를 들었기 때문이다.

하여 재식은 빠르게 정령계 밖으로 나가 수연과 길드 간부들에게 간단한 메시지만을 보낸 뒤 다시 돌아왔고, 이후 뒷일은 잊고 그곳에서 힘을 키우는 것에 몰두했다.

하지만 재식이 미처 예상하지 못한 것이 있었다.

아무리 정령수의 옆이라 해도 자신이 보유한 흑마력을 능가할 정도로 정령력을 쌓기 위해선 짧은 기간으로는 이룩할 수 없다는 것이었다.

그 때문에 재식은 생각지도 못하게 정령계에서 몇 개월을 보내게 되었다.

물론 재식은 그만큼 원하는 목적을 이루기는 했다.

하지만 그로 인해 몇 개월간 벌어진 상황을 정리하기 위해 많은 일이 생겨난 것이다.

"봉래호의 일과 연관된 의뢰로 잠시 어디 갔다 왔습니다."

재식은 자신이 정령계에 있었다는 것을 굳이 말하지 않고 두리뭉실하게 이야기를 하였다.

"봉래호? 그게 무슨 말인가?"

재식의 이야기를 들은 김중배는 고개를 갸웃거렸다.

재식이 봉래호와 관련해 무슨 의뢰를 했는지 잠시 생각을 해 보았다.

'봉래호라… 거기서 무슨 일을 받을 만한 게 있나? 아!'

봉래호란 소리에 김중배는 재식이 연관된 일이 뭐가 있는지 생각하다가 한 가지 떠오르는 것이 있었다.

"그 정령들과 연관이 있는 건가?"

봉래호의 정령.

헌터들 사이에서 일냉 재앙급 서지라 칭해지는 그것과 연관이 있는지 물어보는 협회장이었다.

역대급으로 거대했고 특이한 몬스터.

하지만 레이드를 성공적으로 끝내도 아무것도 남기지 않고 사라진 탓에 헌터들에게는 재앙급 몬스터와 게임 용어인 거지 몬스터를 합성해 재앙급 거지라 불렀다.

"예. 당시에 나타난 물의 최상급 정령이 저와 계약했습니다."

"계약?"

그런 김중배의 반응에 재식은 그에게 직접 보여 주기로 하였다.

"슈마리온 소환!"

재식은 물의 최상급 정령인 슈마리온을 불렀다.

[불렀는가?]

"헉! 뭐야?"

갑자기 나타난 슈마리온의 모습을 본 김중배는 깜짝 놀라 소리쳤다.

쾅!

덜컹!

"회장님, 무슨 일입니까?!"

갑자기 회장실에서 큰 소리가 들리자, 문밖에 있던 비서들이 문을 열고 들어오며 소리쳤다.

"억!"

"어머!"

협회장실 안으로 들어온 비서들은 기겁할 수밖에 없었다.

재식의 옆에 1m 정도 크기의 용을 닮은 것이 떠 있었기 때문이다.

"너무 놀라지 마십시오. 제 친구입니다."

재식은 담담하게 놀란 눈으로 슈마리온을 주시하는 김중배를 보며 이야기를 하였다.

그런 재식의 담담한 모습이 오히려 듣는 이로 하여금 안도하게 만들어 슈마리온의 갑작스러운 출현에 깜짝 놀라던 김중배도 이내 어느 정도 안정을 찾았다.

김중배 협회장은 숨을 한 번 고르고 재식의 옆에 떠 있는 슈마리온을 자세히 살피기 시작했다.

"으음… 설마!"

슈마리온의 형태에서 무언가 떠오르는 것이 있어 자신도 모르게 소리쳤다.

"재앙급 거지!"

"봉래호 괴수!"

엉거추춤 멈춰 있는 비서들도 슈마리온의 모습을 보고 방금 김중배가 떠올린 것을 그대로 말했다.

"조금 전에도 말한 것처럼 저와 계약한 정령이니 걱정하지 마십시오. 그리고 비서님들은 회장님과 이야기를 계속해야 하니 잠시 자리를 비켜 주시죠."

"그래, 자네들은 나가 보게!"

김중배도 재식의 말에 퍼득 정신을 차리고 얼른 비서들을 물렸다.

이에 문 앞에 있던 이들은 협회장의 말에 고개를 숙이고 조용히 밖으로 나갔다.

모두가 나가고 문이 닫히자 재식은 김중배 협회장이 안정을 찾았다고 판단하고 설명을 이었다.

"대충 짐작은 하고 있었네만, 직접 들으니 놀랍군그래."

"그러셨습니까?"

"허허, 당연하네. 봉래호 레이드가 끝나고 일어난 일이지 않나. 물론 그사이에 시간차가 조금 있어서 확신하지 못했을 뿐이네."

현우는 김중배 협회장이 한 말이 무엇을 뜻하는지 알아차렸다.

당시 씨앗을 받고 백두산 천지에 묻기까지의 시간이 오히려 예측을 방해한 듯했다.

"그것 때문에 어찌나 난감한지 지금도 정신이 없다네."

일반적인 각성 헌터와는 다른 새로운 타입의 각성자들로 인해 그동안 김중배나 헌터 협회 직원들은 많은 고생을 하였다.

각성은 했는데, 신체 능력이 좋아진 것도 아니면서 또 능력은 비슷하게 사용하는 헌터.

일단은 각성 헌터이기는 하지만 하위 호환이라 할 수 있기에 당장 전력이 되지 못해 헌터로 인정하지 않고 있고, 또 나이도 어려 어떻게 할 수가 없어 고민이었다.

그런데 재식의 설명을 듣고는 이 정령과 계약을 한 사람들을 따로 분류해야 할 필요성을 느꼈다.

그리하여 김중배 협회장은 판타지 소설에서처럼 정령과 계약을 한 사람을 정령사라 칭하기로 하였다.

2. 정령사 아카데미

대한민국 헌터 협회 본관의 문이 열리고 검정색 양복을 입은 일단의 사람들이 쏟아져 나왔다.

　그들이 향한 곳은 헌터 협회 정문 앞 피켓을 들고 시위를 하는 사람들이 있는 곳이었다.

　"협회는 새로운 각성자의 헌터 등록을 허용하라!"

　"허용하라!"

　타타타타!

　"뭐, 뭐야?"

　"어머, 저 사람들 왜 이쪽으로 뛰어오는 건데?"

　시위를 하던 사람들 중 일부가 놀라 소리쳤다.

"한 명도 빠지지 못하게 얼른 자리 잡아!"

양복을 입은 사내들이 소리를 지르며 시위 현장에 도착하고는 감싸듯 포위를 하였다.

"지금 뭐 하는 거요? 지금 우리를 어떻게 해 보겠다는 거야?!"

선두에 서서 시위를 지휘하던 남자는 검정 선글라스를 쓰고 무표정하게 자신들을 압박하는 남자들을 보며 소리쳤다.

하지만 목소리는 잘게 떨리는 것이, 헌터 협회에서 나온 이들에게 겁을 집어먹은 모양이었다.

"아닙니다. 협회장님의 지시로 왔습니다."

"아니, 그런데 뭘 이렇게까지……."

끝말을 흘리는 시위 지휘자에게 협회에서 나온 남자가 꼿꼿하게 서서 입을 열었다.

"여러분을 다른 곳으로 모시기 위해 잠시 질서를 유지하려 하니, 양해 부탁드립니다."

협회에서 나온 사내는 처음 등장할 때와는 다르게 정중한 말투로 이야기를 하였다.

"우릴 어디로 데려가려는 건데요?"

"그건 담당자님께서 나오면 말씀하실 것입니다. 잠시만 기다려 주시기 바랍니다."

사내는 그렇게 대답을 하고는 다시 입을 다물었다.

그러자 조금 전까지 헌터 협회를 상대로 시위를 벌이던 사람들은 우왕좌왕하며 자신들끼리 떠들기 시작했다.

웅성웅성.

그들은 무슨 일이 벌어지는지 알 수가 없어 불안한 모습을 감추지 못했다.

단 한 명도 화를 내지 않고, 자기들끼리 떠들기를 얼마나 했을까.

앞에 나와 있던 헌터 협회 직원은 무슨 무전을 받은 것인지, 귀에 걸려 있는 이어폰에 손을 대고 누군가와 얘기를 하였다.

"네, 네. 알겠습니다. 그럼 이들을 별관 강당으로 데리고 가겠습니다."

업무 지원과의 박찬수 대리는 시위대를 포위한 직원들에게 수신호를 보내고 처음 자신과 대화를 나누던 시위대를 지휘하던 사내에게 다가갔다.

"잠시 이동하겠습니다."

"네? 어디로……."

시위대 주동자인 전상욱은 순간 겁이 났다.

아들이 각성하여 헌터로 등록하려고 헌터 협회를 찾았지만, 협회는 자신의 아들을 헌터로 등록시키지 않았다.

아니, 각성을 한 것이 맞으니 등록은 되었지만, 아직 미성년자이니 헌터로서의 활동은 금한다고 하였다.

그의 기대가 산산조각 난 것이다.

나이 때문에 헌터로 활동을 금지한다니.

그런 말 같지도 않은 밀로 자신의 꿈을 망가뜨린 협회에 분노했다.

이 때문에 자신과 비슷한 상황에 처한 사람들을 규합해 헌터 협회 앞에서 시위를 벌인 것이었다.

한데 헌터 협회는 자신들의 말을 전혀 들어주려 하지 않았다.

아니, 심지어 이제는 시위대를 포위한 채 어디론가 데려가려고까지 하니, 순간 불안감이 치솟았다.

'괜한 일을 한 것 아닐까?'

아들의 각성으로 순간 욕심이 나 일을 벌이기는 했지만, 권력기관 중 하나인 헌터 협회에서 이렇게 압박을 하니 불안해진 것이다.

"그리 멀리 이동하는 것은 아닙니다. 저기 보이는 별관으로 가서 보다 정밀한 검사를 할 것이고, 이번에 각성하신 분들의 발전을 위한 교육에 대한 얘기를 하려 모시는 겁니다."

자신도 무엇 때문에 이런 일을 하는 것인지 알지 못하기에 박찬수는 그저 들은 대로 설명을 할 뿐이었다.

"예, 알겠습니다."

전상욱은 협회 직원의 설명을 듣고서는 얼굴에 화색이

들었다.

드디어 자신들의 요구를 받아들여 준 것이리라.

그는 그렇게 생각하며 돌아서 불안에 떨고 있는 시위대에 소리쳤다.

"드디어 우리가 이겼습니다! 협회에서 아이들의 안전을 위해 정밀 검사와 교육을 위해 상담한다고 합니다!"

"우와아아아아!"

조금 전까지만 해도 불안해하던 전상욱은 박찬수 대리의 설명을 그대로 시위대에 전달했다.

"모두 여기 직원들 따라서 이동합시다!"

한편 박찬수는 시위대 주동자인 전상욱이 하는 모습을 조용히 지켜보았다.

조금 전 자신이 한 말을 그대로 이야기하며, 마치 개선장군처럼 행동하는 모습을 보니 순간적으로 피곤이 확 몰려왔다.

'하~ 설마 이 사람들 담당을 내가 하게 되는 것은 아니겠지?'

조만간 사무관으로 승진할 그인지라 조금은 걱정스러운 생각이 들었다.

박찬수는 업무 지원팀이라 나갈 일이 많았다.

그러다 보니 그는 수많은 헌터들을 현장에서 만나기도 하고, 보기도 하였다.

시민의 안전을 책임져야 한다는 의무감으로 몬스터를 상대하는 헌터가 있는 반면, 다른 사람에게 인기를 끌기 위해 힘을 과시하며 몬스터 사냥을 하는 헌터도 있었다.

하지만 그를 가장 피곤하게 하는 부류는 다름 아닌 특권의식을 가진 헌터들이었다.

대부분 각성을 통해 헌터가 된 각성 헌터들이었는데, 이들이 가지고 있는 공통점이 하나 있었다.

그것은 바로 그들이 속한 집단에서 무척이나 애지중지하며, 귀하게 여겨진다는 것이다.

길드든 가정이든, 그들은 그들이 속한 집단에서 중심에 있고, 떠받들어지고 있었다.

그러다 보니 이들의 성격은 대부분 안하무인이었고, 지금 여기서 시위를 벌이고 있는 이들의 자식 또는 형제들도 그와 비슷하지 않을까하는 의심이 들 수밖에 없었다.

'제발, 저만 아니면 됩니다, 신이시여.'

박찬수는 속으로 열심히 신을 부르며 빌었다.

그럴 수밖에 없는 것이, 헌터 협회는 보통 업무 효율을 위해 익숙한 직원들에게 담당을 지정하는 경향이 있었다.

그래야 조금이라도 협회의 일이 줄어들 것이란 생각 때문이었는데, 실제로도 헌터와 사무관이 친한 사이라면 많은 행정적 절차들이 간소화되어 양쪽 모두가 편해지기는 했다.

하지만 박찬수는 효율 따위보다는 피곤한 헌터를 맡지 않길 바랄 뿐이었다.

*　　　　*　　　　*

시위대들이 헌터 협회 별관으로 이동하고 있을 때, 협회장과 이야기를 끝낸 재식도 별관으로 이동하고 있었다.

"미숙한 그들을 키울 방법이 있다는 게 사실이야?"

조금 전, 슈마리온은 자신에게 이제 갓 정령과 계약을 한 아이들을 키울 수 있는 방법이 있다는 말을 들었다.

[물론이다, 재식.]

"소설에서 보면 정령사는 계약한 정령과 자주 접촉하면 친화력이 올라간다고 하던데, 그런 방법인가?"

재식은 자신이 전에 읽어 본 판타지 소설의 내용을 떠올리며 물었다.

[이곳에는 정령이 없는 것으로 알았는데 놀랍군. 그런 방법은 어떻게 알고 있는 것이지?]

"그게 맞는 거야?"

재식은 그저 소설에 나온 이야기를 말할 뿐인데 슈마리온이 긍정적으로 대답하자 놀라며 물었다.

[물론 그런 방법이 있기는 하지. 하지만 그보다는 차라리 정령계와 비슷한 환경에 정령사를 초대해 머물게 하는 것이

가장 빠르고 안정적인 방법이라 할 수 있다.]

소설에 나온 내용처럼 해도 정령력이 오르기는 하지만, 사실 ㄱ 방법은 정령과 계약한 시 얼마 되지 않는 어린 성령사에게는 무척이나 힘든 방법이었다.

말로만 들을 때는 그저 단순하게 정령을 소환해 놓으면 되는 것처럼 느껴지지만, 실상은 전혀 달랐다.

우선 현실에 정령을 불러내는 것은 전적으로 정령사가 가진 정령력으로 이루어진다.

그런데 여기서 문제는 갓 계약한 정령사가 가지고 있는 기운은 아주 미미하다는 것이었다.

그러다 보니 정령을 소환하여 유지할 수 있는 시간이 무척이나 짧았고, 때문에 정령과 친해지고 정령력을 쌓을 시간이 부족할 수밖에 없었다.

그럼에도 불구하고, 억지로 정령을 소환하려는 자들이 간혹 있었다.

그들은 아주 짧게 정령을 소환하고는 정령력이 고갈되어 탈진하는 일이 많아졌고, 그럴수록 자칫 정령을 소환하는 것에 대한 트라우마가 생길 수도 있었다.

사실 그 때문에 지구보다 자연력이 풍부한 칸트라 차원에서도 인간 정령사가 극히 드문 것이었다.

하지만 최상급 정령인 슈마리온은 정령을 소환해 친해지는 방법 말고, 더욱 좋은 방법이 있다고 말하고 있었다.

"정령계와 비슷한 환경? 그건 어떤 방법이길래 더 좋다는 거야?"

[인간은 기본적으로 정령 친화력이 다른 유사 인류들에 비해 약하다.]

"유사 인류라니, 오크나 고블린 같은 걸 말하는 건가?"

재식은 갑자기 슈마리온이 정령 친화력 향상에 대해 이야기하다가 엉뚱한 단어를 꺼내자 고개를 갸웃거리며 물었다.

그도 그럴 것이, 지구에는 유사 인류라는 것이 존재하지 않았다.

다만, 판타지 소설에 보면 인간과 흡사한 존재들이 등장했다.

차분한 성격에 숲의 요정이자, 자연의 수호자라 불리는 엘프.

반면, 불같은 성격을 갖고 있고 신병이기를 만들어 내는 대장장이자, 불과 금속의 요정인 드워프.

땅의 축복을 받고 태어나 풍요를 상징하는 호빗.

마지막으로 인어로 잘 알려진 머메이드와 머맨이 칸트라 차원에서 유사 인류로 분류되어 있었다.

예전에는 오크도 유사 인류로 분류한 때가 있었지만, 마계의 존재들에 의해 오염이 되면서 그들은 자신들만의 문화를 잃어버렸다.

결국 몬스터와 같이 동족 포식을 하면서 유사 인류의 자리를 박탈당하고 몬스터로 전락하게 되었다.

이러한 정보를 슈마리온으로부터 들으며 재식도 유사 인류에 대해 알게 되었다.

"그럼 설마……."

[맞다. 우리들이 지구에 정착을 하게 되었으니, 조만간 그들도 이곳으로 넘어오게 될 것이다.]

슈마리온은 재식이 무슨 말을 하려는 것인지 깨닫고 대답하였다.

"하지만 그렇게 된다면 우린 어떻게 해야 하지?"

유사 인류라는 엘프나 드워프들이 지구로 넘어오게 된다면 분명 지구인과 큰 마찰을 빚을 것이 분명했다.

재식은 그것이 걱정되었다.

인간은 절대 자신과 다른 존재에 대해 용납하지 않는다고 생각했다.

처음에는 그들의 생김새에 호감과 호기심을 느끼는 이들이 많겠지만, 그것도 잠시뿐이리라.

하다못해 재식과 같은 헌터들조차 알게 모르게 배척받는 상황.

게다가 기득권자들은 어떻게 해서든 그들을 이용하려 할 것인데, 소설에서 보면 엘프나 드워프 같은 요정 족은 절대로 자신들을 억압하려는 자들과 타협을 하지 않았다.

그렇게 생긴 불화의 결과는 언제나 비극적으로 끝이 났다.

인간은 가진 자와 가지지 못한 자 간의 불협화음이 존재했다.

또한 가진 자끼리도 더 많은 것을 차지하기 위해 끊임없이 투쟁을 해 왔다.

그런데 유사 인류라고는 하지만 인간과는 다른 존재가 그곳에 끼어든다면, 어떻게 될지 재식은 그 결과는 보지 않아도 알´수 있을 거 같았다.

[그건 그대와 같은 존재들이 중재하면 되지 않을까 싶다.]

재식이 무엇을 고민하는 것인지 알고 있다는 듯, 슈마리온은 너무나도 가볍게 이야기를 하였다.

"내가? 그게 가능할까?"

[나는 가능하다고 본다. 재식, 그대 자신을 믿어라.]

슈마리온은 재식을 정면으로 보며, 확고한 믿음을 가지고 이야기하였다.

하나 재식은 그와 같은 확신이 없었다.

자신이 아무리 대한민국 최강의 헌터 중 하나라고는 하지만, 자신과 비슷한 존재가 대한민국에만 해도 세 명이나 더 있었다.

그리고 그걸 전 세계로 확대하면 십여 명은 더 있을 것이었다.

그러다 보니 슈마리온의 말에도 재식은 설으면서 끝없이 고민하였다.

'내가 중재를 한다고 해서 내 말을 사람들이 듣기나 할까?'

재식은 자신의 힘이 전 세계의 사람들이 들을 정도로 대단하다고는 생각하지 않았다.

그래서인지 슈마리온이 하는 말도 그저 자신을 위로하기 위해 하는 말로 들렸다.

한데 슈마리온의 말은 재식이 생각하는 그런 것이 아니었다.

그도 그럴 것이, 그가 본 재식의 잠재력은 어마어마하였다.

본인은 아직 느끼지 못하고 있는 듯 보이지만, 슈마리온이 느낀 재식의 잠재력은 참으로 뛰어나고 특별한 구석이 있었다.

슈마리온은 수만 년이라는 세월을 살아온 물의 최상급 정령이었다.

그런 그조차도 재식의 몸은 한 번도 보지 못할 정도로 특이했다.

언뜻 몬스터의 한 종류인 도플갱어와 비슷하게도 느껴졌

지만, 분명 둘은 달랐다.

다른 존재를 흉내를 낸다는 점만이 같을 뿐.

재식은 도플갱어와 다르게 자신의 신체에 맞게 다른 존재의 장점을 융합하였다.

즉, 다른 존재의 장점을 가져다 자신을 진화시키고 있다는 뜻이다.

뿐만 아니라 그런 존재들은 마법을 사용할 수 없다.

신체적으로 진화를 택한 생명체들은 정신적 진화에는 취약하였는데, 재식은 양쪽을 똑같이 사용하였다.

이는 마계의 존재나 천계의 존재도 가지지 못한 능력이었다.

그 때문에 어떻게 보면 중간계 지배종인 드래곤과 비슷한 면이 없잖아 있었다.

다만, 드래곤은 존재 자체로 완벽해 지식의 전이를 끝으로 성장이 멈췄다.

한데 재식은 그 진화가 어디에서 끝날 것인지, 수만 년을 살아온 슈마리온으로서도 짐작할 수가 없었다.

아니, 슈마리온은 지금 떠올리지 못하고 있지만, 재식과 비슷한 존재가 하나 존재했다.

이미 멸망해 버린 차원인 칸트라에 말이다.

칸트라 차원이 처음 생기고 재식과 비슷한 존재가 하나 있었는데, 신들의 욕망이 만들어 낸 괴물이었다.

그 괴물은 수많은 생명체와 정신체들을 잡아먹고도 부족하여 급기야 자신을 창조한 존재들인 신까지 잡아먹으려 했다.

때문에 신들은 자신이 창조한 그 생명체와 전쟁까지 벌였다.

많은 신과 그들이 창조한 괴물의 전쟁은 칸트라 차원에 커다란 상처를 남기고 결국 신들의 승리로 끝이 났다.

그로 인해 칸트라 차원의 신들 중 셋이나 격을 잃고 타락했는데, 그게 끝이 아니었다.

하나이던 칸트라 차원이 천계와 중간계, 그리고 마계와 정령계로 쪼개져 버렸다.

이는 신들이 자신들의 격을 잃지 않기 위해 권능을 강화하다 생긴 부작용과 같았다.

그들에게 격을 잃는다는 건 죽음과 같았고, 그리하여 혼신의 힘을 다해 비슷한 성향끼리 뭉치다 보니 차원 내에 또 다른 작은 차원이 생겨난 것이었다.

일련의 사건을 겪은 칸트라 차원의 신들은 더 이상 자신들의 호기심을 충족하기 위해 힘을 합치는 일 따위는 벌이지 않게 되었다.

애초 그들이 만들어 낸 괴물 자체가 호기심으로 생겨난 존재.

그 호기심은 아주 간단한 실험으로 이어졌다.

그건 바로 각자 자신들이 가지고 있는 신의 권능을 합치면 과연 어떤 존재가 탄생할지에 대한 것.

 그리고 이 사건은 신들의 의해 봉인되었고, 수많은 시간이 흐르는 동안 기억은 점점 흐려져 갔다.

 그런데 칸트라 차원을 멸망에 이르게 할 정도의 사건을 만든 괴물과 유사한 존재가 바로 이곳에 있었다.

 물론 가지고 있는 능력에서는 아직 격의 차이가 심하지만, 슈마리온은 본능적으로 느낀 것이었다.

 재식의 잠재력을.

*　　　*　　　*

 투투투투!

 씨이이잉―

 커다란 수송 헬기가 한반도 상공을 날아다녔다.

 이 대형 수송 헬기는 CH―65 체로키라는 이름을 가지고 있었다.

 미국이 1950년대 중반부터 무장 병력의 수송 및 침투, 부상자 호송과 신속한 전투 장비 수송을 위해 만든 CH―47 치누크를 기반으로 만든 것이었다.

 또한 체로키는 엔진과 기체를 몬스터에서 나오는 신소재로 만든 대형 수송 헬기였다.

가연성 엔진이 아닌 전기모터를 사용하기에 엔진의 소음이 없었고, 게다가 마정석의 강력한 힘을 바탕으로 그 속도가 시속 550km에 달하는 괴물이었다.

그뿐만 아니라 최대 중량 13톤이라는 엄청난 중량을 싣고도 그 속도를 낼 수 있었다.

그런 대형 헬기가 지금 막 수복되어 개발되고 있는 한반도 북쪽 지역을 날고 있었다.

"와, 저기 봐라!"

체로키 안에는 유독 아이들이 많았는데, 그중 한명이 신기한 것을 본 것인지 창밖으로 보이는 어느 지점을 손가락으로 가리키며 소리쳤다.

"뭔데?"

아이의 흥분된 목소리에 자기들끼리 떠들고 있던 아이들이 호기심을 느끼며 물었다.

"지금 우리는 얼마 전까지 몬스터 왕국이라 불리던 북한 지역에 들어간다고 했잖아."

"응. 길드장 아저씨가 그랬어."

"그런데 저기 봐 봐."

"뭔데……? 우와!"

손가락으로 가리킨 방향을 돌아보던 다른 아이들도 무언가를 발견한 건지 커다란 감탄성을 자아냈다.

"저기 봐, 커다란 건물이 있어."

"응, 나도 봤어. 그런데 진짜 크다."

아이들은 말로만 듣던 몬스터 왕국 깊은 곳에 있는 커다란 건물을 발견하고는 깜짝 놀랐다.

사실 커다란 인공 구조물 주변으로는 짙은 녹음으로 뒤덮여 있어 발견하기가 쉽지 않았는데, 정령과 계약한 아이들이다 보니 감각이 일반인과는 달랐다.

그러다 보니 녹음 속에 숨겨진 인공 구조물을 발견하는 것도 손쉽게 할 수 있었다.

"우리가 살 곳이 저긴가 보다."

아이들은 본능적으로 자신들이 발견한 건물을 보며 그렇게 말했다.

"어디야? 나도 볼래."

다른 것에 열중하던 아이들도 자신들이 앞으로 생활해야 할 건물이라는 말에 모여들기 시작했다.

"나도 좀 보자!"

"비켜 봐. 나도 좀 보게."

"야! 밀지 마!"

좁은 창으로 아이들이 몰리다 보니, 창문에 가까이 있던 아이들 몇 명이 눌려 찌부러지며 비명을 질러 댔다.

"조용! 뭐가 이리 시끄러워!"

아이들의 인솔자인 주성은 갑자기 헬기 안이 소란스러워지자 무슨 일인가 알아보기 위해 조종실 문을 열고 나왔다.

다다다다.

주성의 목소리를 들은 아이들은 얼른 제자리로 가서 자리에 앉았다.

하지만 몇몇 아이들은 창밖을 보면서 정신을 차리지 못하고 있었다.

"뭘 보고 있냐?"

주성은 그렇게 창밖을 주시하고 있는 아이의 뒤에 가서 어깨를 툭툭 치며 물었다.

하지만 그 아이는 정신이 팔려 목소리는 듣지 못하고 소리를 질렀다.

"아, 진짜! 조금만 보고 비켜 줄 테니까 건들지 마!"

아이의 대답에 헬기 안의 분위기가 순식간에 싸늘하게 식어 버렸다.

그도 그럴 것이, 주성은 아이들에게 무섭기로 소문이 나 있는 호랑이 교관이었기 때문이다.

교관이라는 말을 들으면 알 수 있듯이 이 아이들은 아버지나 어머니를 따라 헌터 협회 앞에서 시위를 하다가 언체인 길드에 스카우트가 된 아이들이었다.

정식 헌터가 되기에는 너무나 어리기 때문에 길드원으로 받아들이기는 하지만, 정식으로 헌터 활동을 하는 것은 아니었다.

성인이 될 때까지 길드에서 훈련을 받아야 한다는 조건

으로 협회의 보증을 끼고 언체인 길드와 계약을 한 것이다.

대한민국에는 유명한 대형 길드들이 많았고, 그중 이름만 들어도 알아주는 명품 길드도 상당했다.

하지만 언체인 길드는 그중에서도 손에 꼽을 정도로 유명했다.

그 이유는 언체인 길드의 길드장이 바로 대한민국에 단네 명뿐인 S급 헌터였고, 거기에 재앙급 몬스터를 두 마리나 잡은 헌터이기도 했기 때문이다.

게다가 국토 수복 계획 때 헌터 협회와 손을 잡고 가장 넓은 국토를 수복하여 세계에 그 이름을 널리 알렸다.

아직 대형 길드와 비교하기에는 많이 부족하다는 평이 있기도 하였지만, 재식의 명성으로 인해 유명세를 탈 수 있었다.

하지만 유명세만으로 수월한 계약이 되는 것은 아니었다.

바로 언체인 길드만의 상당한 복지 지원.

가입하게 되면 헌터 본인은 물론이고, 그 가족들까지 지원이 돌아간다고 알려져 있었다.

덕분에 정령과 계약을 한 아이들보다 오히려 부모가 더욱 언체인 길드와 계약을 원하는 지경이기에 일사천리로 진행이 된 것이었다.

그렇게 언체인 길드와 계약한 아이들은 언체인 길드 본부가 있는 관악산 몬스터 필드 내에서 기초 훈련을 받았다.

언체인 길드 본부에서의 교육은 3개월 단기 속성 교육이었다.

VR과 AR을 이용한 몬스터에 대한 교육과 헌터 수칙 등 다양한 훈련과 교육을 받았고, 또 한편으로는 호신술과 무기술 등을 배웠다.

아무리 정령과 계약하여 각성자라 불린다 하여도 아이들의 신체는 아직 그 나이 또래와 별반 차이가 없었다.

물론 정령력이 더욱 쌓이게 된다면 현역 헌터까지는 아니더라도 일반인보다는 더욱 강한 신체를 가지게 될 것임은 분명했다.

이후 중급 정령을 소환할 수 있을 정도의 정령력이 쌓이게 된다면, 그때부터는 일반적인 헌터와 비교해도 신체 능력이 그리 차이가 나지 않게 될 것이었다.

하지만 그렇게 되기까지는 아직 먼 미래의 이야기다.

그리고 지금 아이들은 처음 계약한 대로 3개월 단기 교육을 마치고, 짧은 휴식 겸 휴가를 받아 가족과 생활을 하다 다시 모인 상태였다.

이들은 후반기 교육을 위해서 정령계가 자리 잡은 백두산 인근 옛 혜산시에 마련한 정령사 양성소로 이동하는 중이었다.

정식 명칭은 언체인 엘리멘탈리스트 아카데미.

하지만 언체인 길드의 길드원들이나 아이들은 그곳을 그 냥 정령사 아카데미 또는 정령사 양성소라 불렀다.

그도 그럴 것이, 엘리멘탈리스트라는 단어가 낯선데다가 아카데미라 부르기에는 그곳에서 배울 학생의 숫자가 겨우 40여 명에 불과하다 보니, 그냥 자신들이 편한 대로 부르 기로 한 것이다.

어쨌든 아이들은 말로만 듣던 것을 직접 눈으로 보게 되 자 한없이 들떴다.

그러다 보니 본부에서 교육을 받을 때 무서워하던 주성이 인솔을 맡고 있음에도 흥분해 소란을 피운 것이었다.

주성은 그런 아이들을 보며 어느 정도 이해가 갔다.

솔직히 그도 약간은 흥분이 되기 때문이었다.

시술 헌터로만 구성된 언체인 길드에 비록 일반적인 각성 헌터는 아니지만, 각성자들이 길드에 들어왔다.

이후 이들이 언체인 길드에서 어떤 활약을 벌일지 기대되 는 것이었다.

더욱이 이들은 어린아이들이었다.

오랜 몬스터 사냥 때문에 흉터가 많아 외형적으로는 무섭 게 보이기는 하지만, 마음만큼은 어느 누구보다도 따뜻한 남자가 바로 주성이었다.

더욱이 아이들의 나이는 그가 결혼만 정상적으로 했다면, 자식이라고 말해도 될 정도였다.

주성으로서는 부모의 마음으로 아이들이 엇나가지 않게 더욱 신경을 쓸 수밖에 없었다.

어린 각성자는 조금만 걸어 다니는 불씨와 같기 때문이었다.

그러다 보니 크레이지 독이라는 불명예스러운 별명을 갖게 되기는 했지만, 그래도 좋았다.

*　　　*　　　*

척, 척, 척, 척.

헬기에서 내린 아이들은 운동장 한가운데 오와 열을 맞춰 섰다.

"인원 점검을 하겠다. 왼쪽부터 번호!"

주성의 구령에 가장 왼쪽에 서 있던 아이가 번호를 외쳤다.

"하나!"

그 아이를 시작으로 번호가 전달되었고, 오른쪽 가장 뒤에 있던 아이가 소리쳤다.

"여섯, 번호 끝!"

현재 아이들은 8열 종대로 줄을 서고 있었다.

그러다 보니 여섯 번째 줄에서 두 명의 자리가 비었다.

아이들의 총원이 46명이란 소리였다.

"지금부터 좌우에 있는 사람을 봐라."

주성의 말에 아이들은 좌우에 서 있는 친구들을 쳐다보았다.

"지금 보고 있는 친구들이 앞으로 함께할 너희들의 조원들이다."

언체인 길드의 헌터는 언제나 조 단위로 편성되어 있다.

그렇기 때문에 재식은 아이들을 가르칠 때에도 조를 편성해 가르치기로 했다.

그래야 나중에 아이들이 자라서 한 사람의 헌터가 되었을 때 제대로 길드에 편입되어 혼란을 겪지 않을 것이라는 판단이었다.

사실 처음에는 기존 헌터 파티처럼 조를 구성하려고 생각을 해 보았는데, 그것은 전력 낭비라는 생각이 들었다.

그도 그럴 것이, 일반적인 헌터와 언체인 길드 소속 헌터들 간의 전력 차가 너무 심하게 나기 때문이었다.

그들을 일반적인 시술 헌터와 비교할 수는 없는 노릇이다.

언체인의 길드원들은 각성 헌터들과 별 차이가 없을 정도로 그 역량이 상당했다.

뿐만 아니라 처음 길드에 가입하고 일정 숙련 기간이 지나면 기본 장비로 아이템들을 지급했다.

한데 정부의 국토 수복 계획이 완료된 뒤로 재식은 길드 전력의 업그레이드가 필요하다는 판단하에 기존의 아이템들을 전량 외부에 판매를 하고 길드원들은 아티팩트로 장비를 교체하였다.

어차피 아티팩트나 아이템은 재식이 만드는 것이었다.

재료만 있다면 아이템보다는 아티팩트가 훨씬 전력에 도움이 된다는 것을 잘 알고 있기에 그렇게 조치를 취한 것이다.

그 과정에서 덕을 본 것은 헌터 협회와 중소 규모의 헌터 길드, 그리고 프리랜서 헌터였다.

헌터 협회는 언체인 길드와 한배를 탔기 때문인데, 그들은 거대한 단체이다 보니 언제나 장비를 필요로 했다.

또한 중소 규모의 헌터 길드와 프리랜서 헌터의 경우에는 대형 길드들 때문에 그동안 아이템을 구입하지 못하고 있던 차에 천금 같은 기회가 생긴 것이었다.

대형 길드야 헌터 협회가 아이템을 판매할 때 일정 수량을 가져갔기에 언체인 길드에서 푼 물량은 건들 수가 없었다.

이는 헌터 협회장인 김중배와 재식이 고심하여 내놓은 결정 때문이다.

한꺼번에 풀린 아이템이 다시금 대형 길드에서 가져가게 된다면, 애써 벌여 놓은 격차를 다시 역전시켜 줄 수 있는 길을 만들어 주는 것이나 다름없기 때문이었다.

하지만 프리랜서나 중소 길드에 아이템이 대량으로 들어가게 된다면 오히려 이들이 대형 길드를 견제하는 역할을 할 수 있게 되니, 헌터 협회나 재식의 입장에서 이보다 좋은 수는 없었다.

그리고 그렇게 아이템을 대량으로 풀어 거둬들인 돈은 길드원들의 장비를 교체하는 것과 길드를 키우는 곳에 재사용이 되었다.

여기 혜산의 언체인 엘리멘탈리스트 아카데미도 그런 자금으로 만든 곳이었다.

"지금부터 너희가 1년 동안 생활할 기숙사로 갈 것이다. 기숙사에 도착하면 방 배정을 받을 것인데, 기본적으로 4인 1실이다."

주성은 아이들을 향해 앞으로 생활할 기숙사에 대한 설명과 앞으로의 일정에 대해 설명하였다.

*　　　*　　　*

한편, 아이들이 정령사 아카데미에 도착하여 방 배정을 받고 있을 때, 재식은 다른 장소에 있었다.

재식이 있는 곳은 다름 아닌 백두산 천지에 있는 정령계.

이곳에 오기 전, 관악산에 있는 길드 본부에서 이미 한차례 아이들의 정령력을 높이기 위해 최상급 정령들을 동원하였다.

하지만 그것은 일종의 편법에 불과했다.

슈마리온은 재식에게 언체인 길드와 계약을 맺은 아이들에게 정령력을 키워 줄 수 있는 방법을 알려 주었는데, 그 방법은 바로 최상급 정령을 소환한 재식에게서 뿜어 나오는 기운을 아이들이 받아먹을 수 있게 만든다는 것이었다.

그 방법은 말 그대로 편법이 맞았지만, 직접적으로 소환을 하는 재식이나 이제 최하급 정령과 계약을 맺은 아이들에게 있어 결코 나쁜 방법이 아니었다.

이제 막 최하급 정령과 계약을 맺어 정령 친화력이 적은 아이들이니 정령을 현실에 오래 소환해 낼 수 없었다.

한데 재식의 주변에서 흘러나오는 정령력을 몸에 받아들이면, 조금이라도 더 최하급 정령을 오래 머물게 할 수 있었다.

즉, 한참이나 다운그레이드한 정령계와 비슷한 환경을 만들어 정령이 머물 수 있는 시간을 늘려 주는 것이고, 아이들에게 정령과 친해질 수 있는 시간을 벌어 준다는 것이었다.

이러한 방법으로 아이들이 정령과의 친화력을 쌓아갈 때, 재식도 덩달아 정령에 대한 이해도가 늘어나면서 신체의 각종 힘들이 보다 균형을 이룰 수 있게 되었다.

순수한 생명의 힘인 정령력과 거칠고 파괴적인 성향의 흑마력, 그리고 각종 몬스터에게서 흡수한 유전자로 인해 재식의 신체는 겉으로 보기에는 무척이나 단단해 보였다.

하지만 사실 내부로 들어가면 무수한 실금이 가 있는 것처럼 위태위태한 상태였다.

그나마 최상급 정령들과의 계약을 통해 생명의 힘이 늘어나면서 그 균열이 조금은 메워졌다.

하지만 아직 그 외의 힘들은 균형을 이루지 못하고 있었다.

그러니 재식으로서는 생명력이자, 정령을 소환하고 유지할 수 있는 정령력을 더욱 키울 필요가 있었다.

또한 정령을 소환하는 것은 아이들뿐만 아니라 재식 본인에게도 큰 도움이 되는 것이었다.

여기 정령계로 온 것도 그와 일맥상통하는 일이다.

백두산 저 밑에 혜산시에 아카데미를 세웠으니, 본격적으로 아이들을 키워야 하고 그러기 위한 재료가 이곳에 있기 때문이었다.

그것은 바로 정령수의 가지, 지구에 정령들이 살 수 있는 정령계를 구축하는 근원이었다.

어느 정도 자라 마력이 쌓인 가지를 떼어다 아카데미 중심에 심는다면, 정령계만큼은 아니라도 상당한 정령력을 품은 나무가 만들어질 것이라 하였다.

"이게 정령수의 가지란 것이지?"

[그래. 그것을 땅에 심으면 정령수로 자랄 것이다.]

"그래? 그런데 이거 하나만 가능한 거야?"

재식은 지금 손안에 있는 정령수의 가지 하나를 쳐다보며 물었다.

[지금으로서는 그거 하나뿐이다.]

질문을 받은 슈마리온은 나중에는 다르다고 이야기를 덧붙였다.

'가지 하나를 만드는 데 시간과 에너지가 꽤나 필요한가 보네.'

슈마리온의 말을 들은 재식은 그 속에서 답을 찾아냈다.

그리고 머릿속으로 미래에 대한 계획을 세웠다.

'정령수가 또 다른 가지를 만들어 내면 조건이 맞는 다른 장소에 한 번 심어 봐야겠군.'

지금이야 급한 상황 탓에 정령계와 가까운 혜산에 아카데미를 세우고, 그곳에 정령수의 가지를 심게 되었다.

하지만 세상을 둘러보면 현재 정령계가 자리를 잡은 백두산보다 더 좋은 조건의 장소가 있을 것이 분명했다.

그러니 재식은 나중에 시간이 나면 그런 곳을 찾아 정령수의 가지를 심어 보기로 마음먹고 손에 든 정령수의 가지를 갈무리하였다.

3. 천사 강림

백두산 천지에 있는 정령계에서 정령수의 가지를 가지고 언체인 엘리멘탈리스트 아카데미로 돌아왔다.

그리고 아카데미 본관 뒤편에 마련해 놓은 정원에 정령수의 가지를 심었다.

원래 계획은 정령수의 가지를 본관 앞에 심을 예정이었지만, 재식은 뒤늦게 자신이 편견을 가지고 있다는 것을 깨달았다.

비록 정령수가 엄청난 크기이기는 하지만 겨우 가지 하나가 자라봐야 얼마나 자랄까 라는 생각을 했다.

지구에서 가장 크다는 아메리카 삼나무인 제너럴 셔먼보

다는 작을 것이라 생각해 그런 생각을 한 것이었다.

그런데 대지의 최상급 정령인 다리오의 설명을 듣고 정령수의 가지를 심는 위치를 뒤늦게 변경하였다.

그도 그럴 것이, 정령수의 가지가 최대 크기로 자라면 상상을 초월했기 때문이다.

높이가 84m인 제너럴 셔먼보다 무려 네 배에 가까운 300m 정도까지 자라며, 지름은 무려 다섯 배인 50m였다.

그렇게 엄청난 크기의 나무가 건물 정면에 서 있게 된다면 교육을 받는데 지장이 많을 것이라 우려해 위치를 변경한 것이다.

그러는 편이 정문에서 들어올 때 미관상으로도 훨씬 좋을 것 같고, 또 나중에 교육을 받을 아이들이 늘어날 때 아카데미의 확장도 편할 것이란 생각에 그러한 결정을 내렸다.

물론 이제 막 정령수의 가지를 땅에 심고 잘 자라도록 마력을 불어 넣고 있어 언제쯤에나 다리오가 말한 것처럼 거대한 정령수가 될지는 모르겠지만 말이다.

어쨌든 굳이 나중에 자리를 옮기기 위해 고생할 필요는 없는 건 사실이었다.

재식은 정령의 가지를 땅에 심고 그것을 키우기 위해 4대 속성 정령들을 불러냈다.

슈슈슈슈—

최상급 정령들을 불러내면 참 좋겠지만, 재식의 능력으로는 자신과 계약한 최상급 정령은 둘까지가 한계였다.

그마저도 10여 분밖에 소환을 할 수 없기에 4대 속성의 정령을 모두 불러내기 위해 상급 정령을 고른 것이다.

비록 한 등급 밑의 정령이지만, 최상급 정령과 상급 정령이 가지고 있는 마력의 차이는 극명했다.

그러다 보니 4대 속성의 상급 정령들을 모두 소환했음에도 그리 힘들다는 느낌을 받지 않았다.

그렇기에 재식은 땅에 심은 정령수의 가지가 정령수로 바뀌는 것을 천천히 지켜볼 수 있었다.

"우와~ 나뭇가지를 땅에 심었는데 잎이 나."

"어! 점점 커진다."

재식이 아카데미 본관 건물 뒤에서 무언가를 하는 것을 보게 된 아이들이 창문 밖으로 고개를 내밀며 이를 지켜본 것이었다.

"그런데 지금 뭘 하시는 거지?"

"그러게. 나무 심는 게 재밌나?"

"응. 나 아빠랑 나무 심어봤는데 진짜 재밌어."

아이들은 언체인 길드의 길드장이자, 이곳 언체인 엘리멘탈리스트 아카데미의 이사장인 재식이 하는 모습을 보며 떠들었다.

하지만 그러는 와중에도 몇몇 정령과의 친화력이 강한 아이들은 재식이 땅에 심은 정령수의 가지를 조용히 주시하고 있었다.

그런데 자세히 보면 그런 아이들의 주변에는 작은 일렁임이 있었고, 그것과 대화를 하는 것처럼 고개를 끄덕이곤 했다.

'운디, 지금 이사장님이 심고 있는 게 뭔데 이렇게 향긋한 냄새가 나는 거야?'

[저건 정령수의 가지야.]

운디네는 자신을 부르는 계약자의 질문에 상냥하게 대답을 하였다.

'정령수의 가지? 그게 뭔데?'

아이는 운디네의 대답에 고개를 갸웃거리며 또 다른 질문을 하였다.

[이곳은 원래 우리가 살던 곳하고는 너무나 다른 세상이야. 그런데…….]

운디네는 친구의 질문에 자신이 알고 있는 것을 꾸밈없이 그대로 설명해 주었다.

'그럼 너희가 여기에 나타날 수 있는 것도 모두 이사장님께서 집을 만들어 주셔서란 말이네.'

[응. 맞아 집이랑 비슷해. 특히 저기 있는 저분은 우리가 있던 차원에서도 보기 힘든 엄청난 능력자야.]

친구의 질문에 자세히 설명해 주던 운디네는 정령수의 가지에 속성의 마력을 불어넣고 있는 상급 정령들을 보며 그렇게 이야기를 하였다.

이를 들은 아이들은 이사장인 재식이 정령 친구도 감탄하는 사람임을 깨닫고서 왠지 모르게 뿌듯한 기분이 들었다.

'히히, 난 커서 이사장님처럼 엄청난 헌터가 될 거야!'

지금 창밖으로 재식이 하는 작업을 지켜보던 아이들은 대동소이하게 이와 비슷한 생각을 떠올렸다.

한편, 아이들이 지켜보는 것도 잊은 채 재식은 모든 신경을 눈앞에 집중했다.

정령수의 가지가 마력을 받아 뿌리를 내리고 싹을 틔웠다.

거기서 멈추지 않고 점점 더 자라더니, 그곳에서 가느다란 가지가 자라났다.

'오, 생각보다 빠르게 자라는걸.'

4대 속성 상급 정령들의 마력을 받은 정령수의 가지는 금방 정령수로 변하여 빠르게 자랐다.

불과 10여 분만에 정령수는 재식의 허리쯤까지 자라는걸로 모자라 점점 자라는 속도에 가속이 붙었다.

그리고 다시 30여 분이 지나자, 정령수의 크기는 무려 100m에 이르렀다.

[이제 된 것 같다.]

현신은 하지 않았지만, 정령수가 자라는 모습을 재식의

눈으로 지켜보던 대지의 최상급 정령 다리오가 소리쳤다.

굳이 처음부터 무리하게 정령수를 키울 필요가 없기도 했고, 이 이상은 아무리 재식이라도 큰 무리가 따르기 때문이었다.

비록 상급 정령이라고는 하지만, 무려 한 시간 가까이 4대 속성의 정령들을 모두 소환한 채 마력을 불어넣다 보니 재식도 많은 마력을 소비한 상태였다.

그나마 다행인 것은 이곳이 정령계가 있는 백두산과 가까워 어느 정도 소비한 정령력을 보충 받을 수 있다는 점이었다.

하지만 한 번에 많은 정령력을 소비하게 되면 크나큰 무력감에 빠질 수도 있었다.

그렇기 때문에 다리오는 자신의 계약자이자 정령들의 은인인 재식의 몸이 상하지 않게 하기 위해 중단시킨 것이었다.

게다가 현재의 아카데미에는 지금 크기의 정령수도 과분했다.

이곳에 있는 정령수가 생산하는 정령력이라면, 앞으로 지금 아카데미에서 수용하고 있는 아이들의 몇 배는 더 받아들이고도 남을 정도로 풍부할 것이기 때문이었다.

솔직히 다리오도 재식이 처음부터 이렇게까지 무리해서 정령수를 키울 줄은 예상하지 못했다.

그는 그저 재식이 하는 것을 멍하니 지켜보고 있다가 뒤늦게 재식을 말린 것에 불과했다.

만약 욕심이 많은 불의 정령 오레오스나 장난기가 많은 바람의 정령 셀레스트였다면, 재식이 정령수를 키우는 것을 조금 더 지켜보겠지만, 중도를 아는 다리오는 그렇지 않았다.

이것이 다 다른 속성을 갖고 있는 정령들의 성격 차이 때문이었다.

하지만 이번 정령수의 가지를 심는 일은 대지의 최상급 정령인 다리오가 주관하였기 때문에 재식이 낼 수 있는 최대의 마력을 끌어내면서도 무리가 가지 않는 선에서 가지를 정령수로 키워냈다.

물론 모든 작업을 끝낸 재식도 자신이 만든 결과를 보며 속으로 크게 만족하였다.

그도 그럴 것이, 정령계만큼은 아니지만, 지금 막 자란 정령수로부터 풍겨 오는 정령력이 엄청난 기운을 쏟아 내고 있었다.

그러한 탓에 그저 옆에 있는 것만으로도 심신을 깨끗하게 씻어 주는 것만 같았기 때문이다.

*   *   *

한국에서 정령들로 인해 각성자들이 대거 등장한 것과 비슷하게 유럽과 남미에서도 특이한 일이 벌어졌다.

유럽에서 발생한 것은 오래선 포르투갈의 파티마린 마을에서 일어난 기적과 같은 일이 그리스 아테네에서 재현되었다.

다만, 이번에는 이를 목격한 것이 어린 목동들이 아니라 몬스터를 사냥하던 헌터들이라는 점이 달랐다.

당시 헌터들은 던전화 된 아크로폴리스에서 평소와 같이 몬스터 사냥을 하였다.

하지만 어떻게 된 일인지 그날따라 몬스터의 모습이 보이지 않아 그들은 던전 깊은 곳까지 들어가게 되었다.

한데 그게 치명적인 실수란 것을 알게 되기까지는 그리 오랜 시간이 걸리지 않았다.

몬스터 중에서 본능적으로 행동하는 종이 있는가 하면, 반대로 인간처럼 전략과 전술을 사용해 헌터나 사냥감을 함정으로 유인을 하여 사냥하는 부류가 있었다.

하필이면 그날 아크로폴리스 던전에 나타난 몬스터는 그런 몬스터 중에 하나인 오크였다.

오크는 위험 등급이 참으로 다양하게 분포하고 있었는데, 그날 헌터들을 함정으로 끌어들인 오크는 무려 6등급의 오크 주술사가 포함된 부족이었다.

누군가 헌터들에게 물어본다면 차라리 6등급 대전사 오

크가 이끄는 오크 부족을 상대하는 것이 낫다고 대부분 이
야기할 것이었다.

그만큼 주술사가 포함된 오크 무리는 헌터들에게 무척이
나 까다롭기로 유명했다.

특히나 오크 주술사가 간간이 펼치는 공격 주술과 최후의
순간에 펼치는 광역 상태 이상 주술이 그러했다.

만약 그러한 상태 이상을 정화할 수 있는 각성 헌터가 포
함되지 않은 공대라면 자칫 전멸할 수도 있는 상대였기 때
문이다.

그런데 하필 오크 주술사가 포함된 것은 물론이고, 거기
에 동급의 오크 전사인 대전사 오크까지 있는 오크 부족이
었다.

그나마 다행인 것은 7등급의 오크 족장이 없다는 점.

하나 오크 족장이 없다고 해도 6등급 몬스터인 오크 대
전사와 오크 주술사는 만만치 않았다.

그들이 포함된 오크 부족은 먹이사슬을 역전시켜 웬만한
중형 몬스터는 손쉽게 사냥을 할 수 있을 정도로 뛰어난 전
력을 가지고 있었다.

그 때문에 헌터들은 오크 대전사와 전사들을 상대하면서
도 혹시나 모를 주술사를 경계하였다.

그러다 보니 전투는 헌터들에게 극히 불리하게 진행되었
다.

대전사가 포함된 오크들을 이기더라도 상당한 피해가 예상되는 상황.

한데 헌터들의 정신이 오크 주술사로 인해 전투에서 분산되다 보니 그 피해가 점차 늘어나게 된 것이다.

그렇게 헌터들의 전멸이 머지않았을 때, 기적이 벌어졌다.

*　　　*　　　*

"조금만 버텨! 곧 지원군이 올 거야!"

포세이돈 길드의 제3공대장인 알렉시스는 자신의 공대원들을 보며 소리쳤다.

하지만 정작 지원군이 올 것이라 외치고 있는 알렉시스조차도 자신이 하는 말을 신뢰하지 않았다.

그도 그럴 것이, 오크 주술사가 포함된 부족과 조우한 직후, 사냥이 힘들 것이라 예상하고 피해를 줄이기 위해 구조신호를 보냈다.

그런데 벌써 전투가 벌어진 지 30분이 지난 지금까지도 아무런 소식이 없었기 때문이다.

'제길 나도 그리스인이기는 하지만 이놈들은 너무 느려!'

알렉시스는 인상을 구기며 자신의 앞에 도끼를 휘두르고 있는 오크 대전사의 공격을 흘리며 속으로 소리쳤다.

그리스인들은 지중해성기후 때문인지 타국에 비해서 비교적 느긋했다.

힘든 일이나 어려운 일을 당해도 쉽게 흔들리지 않고, 그것을 신의 시험이라고 생각하며 느긋하고 의연하게 대처했다.

그러다 보니 이렇게 헌터들이 지원 요청을 해도 다른 나라처럼 바로바로 지원군이 출동을 하지 않았다.

그 때문에 헌터들이 미리 지원 요청용 폭죽을 터뜨리는 경우가 많아졌는데, 그러다 보니 지원군이 출동을 해서 보면 별거 아닌 일일 경우가 왕왕 있었다.

그러한 것들이 하나둘 쌓이고, 결국 어느 순간부터 협회에서 헌터들의 지원 요청에 적극적으로 대응하지 않게 되었다.

지금은 실제로 위급한 상황.

하지만 헌터 협회는 이러한 상황을 알지 못하기에 느긋이 올 것을 생각하니, 답답한 것은 알렉시스를 포함한 포세이돈 길드의 제3공대원뿐이었다.

크하학!

"으악!"

"살려줘!"

갑자기 여기저기서 비명 소리가 들려 왔다.

이에 알렉시스는 자신이 상대하던 오크 대전사를 밀쳐 내고 뒤를 돌아보았다.

그런 그의 눈에 들어온 것은 광기로 눈이 붉게 물든 오크 전사가 휘두른 도끼에 미리가 깨지는 헌터, 그리고 한쪽 팔이 뜯겨 나가 한 손으로 땅을 짚으며 살려 달라 비명을 지르는 헌터의 모습이었다.

그런 장면은 전장 여기저기에서 벌어지고 있었다.

"어떻게 된 일이야!"

알렉시스는 자신도 모르게 비명과도 같은 소리가 흘러나왔다.

크아앙!

휘익!

"헉!"

부하들의 처참한 모습에 잠시 넋을 잃고 지켜보던 알렉시스의 감각에 섬뜩한 기운이 포착되었다.

그는 본능적으로 앞으로 굴렀고, 그의 등 뒤로 조금 전 밀쳐 낸 오크 대전사의 도끼날이 스쳐 지나갔다.

"크르릉!"

조금 전까지만 해도 그렇지 않았는데, 오크 대전사의 두 눈이 마치 혈관이 터진 것처럼 붉게 물들어 있었다.

'버서커 주술!'

지금 벌어지는 일은 그렇게나 우려하던 오크 주술사의 최후이자, 최악의 주술인 버서커 주술이었다.

버서커.

말 그대로 오크들을 광전사로 만드는 주술.

이 주술이 시전되면 오크들은 주술사가 직접 주문을 풀어주기 전까지, 또는 죽을 때까지 광기에 휩싸여 끝없이 전투를 벌이게 된다.

이때 버서커 주술에 걸린 대상은 한계 이상으로 신체를 혹사하며 전투를 벌였다.

때문에 이를 상대하는 헌터들은 평소와 같이 상대하다가는 자칫 목숨을 잃을 수 있었다.

특히나 이 버서커 주술이 위험한 것은 대상이 신체 한계를 벗어난 움직임을 함으로써 생기는 고통을 인식하지 못한다는 점이다.

그렇기 때문에 평소보다 몇 배의 힘으로 전투를 벌이기에 헌터들은 각별한 주의가 필요했다.

그렇지 않을 경우 조금 전 포세이돈 길드의 헌터들이 당한 것처럼 목숨을 잃게 되었다.

그나마 다행인 점은 지금 버서커 주문에 걸린 것이 오크들만이라는 것이다.

저 멀리 떨어진 곳에서 버서커 주문을 건 오크 주술사의 능력이 조금만 더 좋았더라면, 오크와 상대를 하고 있던 헌터들마저 모두 버서커 주문에 걸려들었을 터다.

그렇게 되면 헌터와 오크들 모두 광기에 빠져 전멸할 때

까지 전투를 벌였을 것이고, 신호를 본 지원군이 뒤늦게 도
착하더라도 그들 또한 광기에 빠진 오크와 헌터들에 의해
희생될 것이 분명했다.

이에 알렉시스는 오크 주술사의 능력이 떨어지는 것에 작
은 안도를 하면서도 마음이 급해졌다.

'제발!'

알렉시스는 그렇게 누군지도 모를 존재에게 빌었다.

이제 얼마 남지 않은 부하들과 자신을 구해 줄 누군가를
찾아 기도했다.

제발 자신들을 구원해 주길…….

*　　　　*　　　　*

천계의 전투천사 도리아는 빠르게 날고 있었다.

그녀는 천계의 지배자이자 천사들의 수장 우렐리우스가
자신을 찾는다는 말에 마계와의 접경에서 급히 천계의 성으
로 날아왔다.

척!

"부르셨습니까?"

천계의 성 회랑에 도착한 도리아는 가슴에 오른 주먹을
가져다 붙이며 인사하였다.

"노고가 많다, 도리아!"

"아닙니다."

저벅저벅.

도리아의 인사를 받은 우렐리우스는 회랑을 걸어 한쪽 벽면에 나 있는 테라스로 나갔다.

'음······.'

자신을 부른 우렐리우스가 가벼운 인사말만 주고받고는 바로 회랑을 나가 테라스로 가 버리자 속으로 낮게 심음을 흘렸다.

도리아가 그러거나 말거나 우렐리우스는 멀리 보이는 이글거리는 태양을 주시했다.

금방이라도 지면을 녹여 버릴 듯 열기를 내뿜고 있는 태양은 천계의 지배자인 그로서도 뜨겁게 느껴질 정도였다.

"도리아."

한참을 칸트라의 푸른 태양을 쳐다보던 우렐리우스가 뒤에 있는 도리아를 불렀다.

"예. 말씀하십시오."

한참을 기다리게 만든 우렐리우스가 갑자기 자신을 불렀음에도 도리아는 전혀 흔들림 없는 목소리로 대답하였다.

"네가 알고 있는지는 모르겠지만, 우리가 살고 있는 이곳의 수명은 이제 얼마 남지 않았다."

"헛."

우렐리우스로부터 천계의 수명이 얼마 남지 않았다는 이

야기를 듣자 도리아는 자신도 모르게 신음을 터뜨렸다.

"그것은 이곳 천계만이 아니다. 저 너머 마계와 아래의 저열한 생명이 살고 있는 중간계 또한 마찬가지지."

"아니, 그렇다는 말씀은……."

우릴레우스로부터 이야기를 들은 도리아는 깜짝 놀랐다.

자신들이 살고 있는 천공성은 물론이고, 마계와 중간계까지 멸망을 한다는 말은 자신들이 살고 있는 차원 자체의 소멸을 뜻했다.

지금까지 한 번도 생각해 보지 못한 이야기였기에 도리아는 무척이나 혼란스러웠다.

"그런데 그런 말씀을 하시는 이유가 무엇인지 물어도 되겠습니까?"

차원이 멸망한다는 소리를 들었을 때는 너무나 충격적인 이야기라 잠시 얼을 놓고 있었지만, 도리아는 금세 정신을 차렸다.

마족들과의 전투에서 승리하기 위해서는 언제나 냉철한 상황 판단이 필요하기 때문이었다.

덕분에 차원이 멸망한다는 이야기를 들은 순간에도 도리아는 냉철하게 진물을 할 수 있었다.

"그 때문에 마계의 대마왕 번과 중간계의 탐욕스러운 흑룡왕 앙칼리우로스, 그리고 법칙의 수호자인 정령들의 왕 엘리오스와 힘을 합쳐 살길을 뚫었다.

"······!"

도리아는 조금 전 차원이 멸망한다는 이야기를 들을 때보다 방금 전 우렐리우스의 말이 더욱 놀라웠다.

다른 존재도 아니고 대척점에 서 있는 마계의 대마왕이라니.

게다가 마족에 버금갈 정도로 탐욕스러운 중간계의 지배자 흑룡왕까지.

도리아는 그들과 함께 무언가를 도모하고 있다는 사실에 정신을 차릴 수가 없었다.

어느 정도 자신들과 성향이 비슷한 정령들의 왕이라면 그도 이해를 할 수 있었다.

하지만 타락한 대마왕과 탐욕스러운 흑룡왕의 손을 잡는다는 걸 믿을 수가 없었다.

아니, 믿기조차 싫었다.

도리아는 순간, 천사들의 수장인 우렐리우스가 미친 것일지도 모른다는 불경스러운 생각마저 들었다.

그 마음을 알기라도 하듯 우렐리우스는 천천히 입을 열었다.

"내가 미쳤다는 생각이 들 수도 있겠지. 하나 그러한 의심을 할 필요는 없다. 원칙대로라면 나 또한 그런 더러운 것들과 손을 잡지 않았을 테니 말이다. 하지만 다른 차원의 신이 직접 나타나 우리의 살길을 제안했고, 그걸 위해선 힘을 합쳐야 하기 때문에 그들과 손을 잡은 것뿐이다."

우렐리우스는 지구의 신이 멸망이 예견된 세계인 이곳 칸드라 차원으로 넘어와 자신들에게 제안한 것을 도리아에게 말해 주었다.

물론 자신들과 지구의 신이 맺은 계약에 대해서 모두 말한 것은 아니었다.

"그럼 다른 천사들이 어디론가 이동한 연유가 차원에 구멍을 뚫어 그곳으로 이동하기 위한 준비였다는 것입니까?"

도리아는 최근 들어 생긴 의문의 대해 물었다.

"맞다. 그동안 비밀리에 정령들과 함께 차원의 문을 열고, 넘어갈 준비를 했다."

"지금 절 부르신 것은 제 차례가 되었기 때문입니까?"

다른 의문이 없던 것은 아니었지만, 도리아는 그런 것은 뒤로하고 자신을 부른 이유에 대해 물었다.

"그렇다. 다만, 네가 이계로 넘어가 해 줘야 할 일이 하나 있다."

"그게 무엇입니까?"

도리아는 우렐리우스의 말에 고개를 갸웃거렸다.

분명 조금 전 우렐리우스와 같은 절대자들은 이계로 넘어가지 못한다고 이야기를 했다.

그런데 지금 흘러가는 상황을 보니, 아무래도 마계의 군주나 중간계의 탐욕스러운 흑룡왕이 욕심을 부리는 것 같았다.

아니나 다를까, 뒤이은 우렐리우스의 말에서 자신의 짐작한 내용이 나왔다.

"아무래도 마계의 대마왕과 중간계의 흑룡왕이 다른 생각을 하는 것 같다."

도리아는 우렐리우스의 이야기에 고개를 바짝 들었다.

"이계의 신과 맺은 계약과 다르게 그들은 이계에 자신의 아바타를 이동시키려는 듯싶다."

"아바타……."

그 말을 듣고 작게 중얼거린 도리아는 이내 눈이 크게 떠졌다.

아바타는 다른 의미로 화신을 뜻한다.

이는 신과 같은 높은 격을 가진 존재들만이 사용할 수 있는 능력으로, 본체는 아니지만 다른 차원에 자신의 힘을 어느 정도 가지고 현신하게 만들어 준다.

주로 신이나 높은 격을 가진 존재들이 다른 차원에서 유희를 즐기기 위해 만들기도 했다.

사실 신과 같은 격을 가지지 않는 이상 아바타를 만드는 것은 결코 쉬운 일이 아니었다.

그리고 그건 신에 비견되는 격을 가지고 있는 우렐리으스 또한 마찬가지.

그런데 방금 전 우렐리우스는 마계의 대마왕과 중간계의

흑룡왕 앙칼리우로스가 아바타를 만들어 이계로 보내려 한다고 하였다.

"그게 가능한 것입니까?"

도저히 믿기 힘든 말이기에 도리아는 그 사실을 확인하기 위해 우렐리우스에게 되물었다.

"물론 우리가 아무리 대단한 권능을 가지고 있다고 해도 아바타를 쉽게 만들 수는 없다."

우렐리우스나 그와 동격인 대마왕과 흑룡왕이라 하지만 아바타를 만들 수 있는 것은 신들뿐이다.

"하나 신과 같은 아바타는 아니더라도 그와 비슷한 존재는 만들 수 있다."

"아!"

도리아는 우렐리우스의 대답에 깜짝 놀랐다.

신에 비견되는 무언가를 만들 수 있다는 소리에 어떻게 놀라지 않을 수 있겠는가.

"나 또한 어느 정도 힘의 손실을 감내한다면 충분히 아바타와 비슷한 것을 만들어 낼 수는 있다. 하지만… 그들은 결코 그러한 방법을 사용하지 않을 것이다."

"네? 그럼 어떻게 한다는 말씀이십니까?"

"마계의 존재인 대마왕은 물론이고, 탐욕스러운 흑룡도 자신의 힘이 약해지는 것은 원하지 않는다."

"아!"

우렐리우스는 자신이 알고 있는 두 존재는 절대로 힘이 약해지는 걸 참지 못하리라 확신했다.

그도 그럴 것이, 그들에게는 아주 무서운 경쟁자들이 있기 때문이다.

지금이야 그들의 힘이 강하기에 경쟁자들이 감히 반기를 들지 못하는 것이지, 만약 빈틈을 보이면 경쟁자들은 이빨을 들이밀고 그들을 찢어발길 것이었다.

대마왕과 흑룡왕의 부하들은 질서와 법칙을 수호하는 정령계나 신의 말씀을 전달하는 메신저인 자신들과는 달랐다.

자신들이나 정령들은 주어진 사명에서 벗어나지 않고, 신이 떠나 버린 세계에서도 끝까지 자신의 임무를 다했다.

하나 이와 다르게 마계나 중간계의 존재들은 쏘아진 화살마냥 멈추지 않고 목적을 위해 날아가고 있었다.

그들이 멈추는 건 화살이 과녁에 맞을 때처럼 이 세계가 멸망하고 나서일 것이다.

"이계에는 이곳에선 사라졌지만, 드래곤만큼이나 탐욕스럽던 생명체인 인간들이 존재한다."

우렐리우스는 이계의 관리자에게 들은 이야기 일부를 다시 한번 말하면서 자신의 계획을 도리아에게 설명하였다.

"너는 이 길로 영광의 오브를 가지고 이계로 가서 그곳의 인간들을 확보하여라."

"안됩니다, 우렐리우스님. 영광의 오브를 이계로 가져가라니요? 그것은 신의 물건입니다. 함부로 가져갈 수 있는 물건이 아닙니다. 그리고 그것을 가지고 이계의 인간들을 확보하라는 것은 또 무슨 말씀입니까?"

도리아는 신의 물건을 천공성 밖으로 가져가라는 말에 발끈하며, 우렐리우스에게 간언했다.

영광의 오브는 광명의 신이 자신의 신성력을 담아 만든 법기였다.

제아무리 천사라도 격이 되지 않는 존재가 그것을 만지다가는 그 엄청난 신성력에 온몸이 타 버릴 것이다.

그나마 전투천사인 도리아라면 충분히 우렐리우스의 지시대로 영광의 오브를 만질 수 있었는데, 오랜 시간 타락하고 사악한 존재들과 전투를 벌이며 영혼을 갈고닦았기 때문이다.

그렇기에 우렐리우스는 다른 천사가 아닌 도리아를 부른 것이었다.

하지만 한가지 문제가 있었다.

자신을 추종하는 천사들과 다르게 도리아는 원리 원칙을 철저하게 지키는 존재라는 점이었다.

그럼에도 불구하고, 우렐리우스는 그를 부를 수밖에 없었다.

그럴 수밖에 없는 것이, 영광의 오브를 만질 수 있는 존재는 천계에도 몇 되지 않았고, 그중에서 그나마 자신이 명령을 내릴 수 있는 위치의 천사가 도리아뿐이기 때문이다.

"이는 나 개인의 욕심이 아닌, 아직 세상에 나온 지 얼마 되지 않은 어린 천사들을 위한 조치다. 네가 이계로 넘어가 그곳의 인간들을 저 마계의 존재들이 타락시키기 전에 그들로부터 보호하고, 우리의 후손들이 살아갈 수 있는 제2의 천공성을 만들기 바란다."

"아!"

도리아는 우렐리우스의 비장한 말에 짧게 감탄성을 질렀다.

욕심 때문이 아니라 어린 천사들과 타락할 인간들을 위해서라는 우렐리우스의 연설에 도리아는 감명을 받았다.

오래전 자신은 인간들을 지키는 것에 실패를 하였다.

전투천사로서 마계와의 전쟁의 최일선에서 싸웠다.

그것은 접경 지역에서의 직접적인 전투도 있었지만, 간혹 중간계에서 벌어질 때도 있었다.

중간계의 인간들은 오래전 신들을 찬양하고 신들의 말씀을 전달하는 자신들을 찬양했다.

하지만 인간은 너무나 약한 존재들이었다.

유혹과 욕망에 약해 쉽게 무너지는 존재들이기에 마족들의 유혹에 넘어가 쉽게 타락하여 끔찍한 일을 벌이기도 했다.

그리하여 그녀는 마족들을 죽이고 타락한 인간들을 징벌

하는 임무를 맡았다.

하나 도리아는 칸트라 차원의 중간계에서 인간들을 지키지 못했고, 결국 마족과의 전투에서 패배하었다.

그 결과로 중간계에서 인간이란 종족은 멸종을 하고 말았다.

그런데 지금 이계에도 인간들이 있고, 이들을 마계의 유혹으로부터 지키라는 말을 듣게 된 도리아는 알 수 없는 영혼의 울림을 느꼈다.

"알겠습니다."

무언가 자신이 놓치는 게 있는 것 같았지만, 한 번 실패를 한 일을 다시 맡게 된 것에 고무되어 다른 것은 머릿속에 들어오지 않았다.

그렇기에 도리아는 자신이 무엇을 놓치고 있는지를 금방 잊어버렸다.

*   *   *

"으악!"

버서커 주술에 걸린 오크들이 미친 듯이 밀려왔다.

전황은 점점 어둡게 물들어 갔고, 희망이라고는 전혀 보이지 않았다.

자신의 주변에 있던 동료들과 수하들이 하나둘 바닥에 쓰러지는 모습을 보게 되면서 알렉시스는 악다구니를 썼다.

"젠장! 누구라도 와서 우릴 도와주란 말이야!"

오크 대전사의 미친 듯한 도끼질에 그의 검은 이미 반쯤 부러져 있었다.

그런데 이때, 마치 환청마냥 알렉시스의 귓가에 누군가의 목소리가 들려왔다.

[구원을 원하나?]

귓가에 울리는 목소리는 마치 지친 그의 영혼을 씻어 내는 듯한 착각이 들 정도로 너무나 맑았다.

[구원을 원하느냐 물었다.]

구원을 원하냐는 물음이 재차 들렸다.

"네! 누군지는 모르겠지만, 제발 저희를 구해 주십시오!"

알렉시스는 지금 자신의 귓가에 말을 거는 자가 어떤 존재인지 알 수 없었지만, 일단 무조건 구해 달라는 부탁을 하였다.

[알겠다. 난 천계의 전투천사 도리아라고 한다. 너에게 나의 힘을 강림시킬 것이니 놀라지 말거라.]

지구로 넘어온 도리아는 자신을 부르는 듯한 느낌에 이곳에 왔다가 자신과 상성이 맞는 존재를 발견하였다.

그래서 그녀는 한동안 그 인간을 유심히 살폈다.

욕심과 함께 의심도 많은 인간들이 자신을 어떻게 대할지 알 수 없기 때문에 잠시 상황을 지켜보기로 한 것이었다.

그러다 게중에 자신과 가장 흡사한 영혼의 파장을 가지고 있는 인간을 보게 되었다.

그는 현재 무척이나 위험한 상황.

아주 하찮은 존재인 오크들에 의해 위기에 처한 것이었다.

도리아는 도움을 주기 위해 그 인간에게 말을 걸었는데, 아주 적극적으로 구원을 청하였다.

해서 이왕 도움을 주는 김에 이곳 이계에서는 자신이 직접 강림할 때 어느 정도의 힘을 낼 수 있는지도 알아보기로 하였다.

원래라면 그냥 위기를 극복할 수 있게 힘의 일부만 넘겨줘도 됐다.

하지만 이계로 넘어오기 전 우렐리우스에게 받은 임무도 있기에 이참에 자신이 가진 힘을 알아야 한다는 생각에 직접 싸우기로 결정한 것이다.

물론 강림을 하는 것이라 오랜 시간 전투를 벌일 수는 없겠지만 말이다.

"으윽!"

이윽고 도리아가 도움을 청한 알렉시스의 몸에 강림하자 저도 모르게 입에서 비명 소리가 터져 나왔다.

너무나 강대한 기운이 몸에 들어오자, 알렉시스는 그 힘을 감당하지 못하고 비명을 지른 것이었다.

[걱정하지 마라. 금방 끝날 것이다.]

도리아는 영혼의 울림을 통해 육체의 주인인 알렉시스에게 걱정하지 말라는 말을 건네고는 자신의 앞에 도끼를 휘두르고 있는 오크 대전사의 공격을 바라보았다.

4. 급변

번쩍!

도리아가 알렉시스의 몸에 빙의를 끝내자, 그의 눈에서
밝은 빛이 쏟아져 나왔다.

재생의 축복.
전투의 의지.
샘솟는 활력.
강인한 체력.

알렉시스의 몸에 강림한 도리아는 바로 버프를 걸었다.

이는 자신이 아닌, 주변에 있는 부상을 당한 알렉시스의 동료들을 위한 축복이었다.

그가 알고 있는 버프 중 집단 전투에 도움이 되는 것 위주로 사용한 것이었다.

칸트라 차원에서 마족과의 전투를 집행하던 전투천사이다 보니 도리아의 버프는 모두 이런 종류였다.

집단 전투에 특화된 버프가 끝나고, 이제는 본인 자신에게 걸 수 있는 자가 버프를 시전하였다.

도리아가 버프를 걸 때마다 그가 강림한 알렉시스의 몸에서는 밝은 금빛이 번쩍였다.

"와, 상처가 낫고 있어!"

"몸에 힘이 들어온다!"

"지금이라면 오크 전사가 아니라 트롤도 상대할 수 있을 것 같아."

헌터들은 밀려드는 오크들로 인해 전투 의지가 꺾인 상태였다.

한데 도리아의 버프를 받고는 상처를 회복하더니 하나둘 자리에서 일어나 소리를 지른 것이다.

"포세이돈의 용맹함을 몬스터들에게 알려 주자!"

도리아는 알렉시스의 몸에 감림하면서 대충 헌터들에 대한 정보를 알게 되었다.

덕분에 그녀는 헌터 길드의 이름을 크게 외치며 오크 대전사에게 달려갈 수 있었다.

크아아아악!

"하압!"

헌터들을 향해 달려드는 오크들의 기세는 도리아가 강림하면서 이미 사라져 버렸다.

그럴 수밖에 없는 것이, 알레시스와 도리아가 하나로 합쳐지는 순간, 반짝인 빛에 섞인 성력으로 인해 오크들에게 걸려 있는 버서커 주술이 깨어졌기 때문이다.

그러다 보니 오크들의 기세는 한풀 꺾인데 반해, 도리아가 시전한 버프를 받은 헌터들의 기세는 오히려 더 드높아졌다.

쾅!

챙!

6등급 몬스터인 오크 대전사의 공격을 알렉시스는 너무나 쉽게 막아 냈다.

그뿐만 아니라 오크 대전사의 도끼 공격을 막은 알렉시스는 그 공격을 막음과 동시에 몸을 한 바퀴 회전하면서 흘려 보냈다.

그러면서 자연스럽게 오크 대전사의 뒤를 잡을 수 있었다.

알렉시스는 몸을 회전시키는 힘을 이용해 오크 대전사의 등을 오른쪽 어깨에서부터 왼쪽 허리까지 사선으로 그었다.

꾸엑!

서걱!

알렉시스에게 등을 맞은 오크 대전사는 불에 지지는 듯한 통증에 괴성을 질렀다.

그것도 잠시, 알렉시스의 공격이 얼마나 강력했는지 오크 대전사의 상체가 그대로 비스듬히 분리가 되었다.

타다다다!

알렉시스는 오크 대전사를 처치하고 그대로 앞으로 뛰어 나갔다.

아직 오크들 무리를 이끌고 있는 존재인 오크 주술사가 남아 있었다.

그러니 오크 주술사가 또다시 오크들에게 주술을 걸기 전에 처치해야만 했다.

"하압!"

빠르게 다가간 알렉시스는 오크 주술사를 10m나 남겨 둔 상태에서 점프를 하였다.

그런데 일반적으로 아무리 알렉시스가 6등급의 고위 헌터라고는 해도 10m나 떨어진 상대를 향해 점프하여 공격을 한다는 것은 무리가 있는 일이었다.

아니, 그가 맹수의 유전자를 시술받은 헌터라면 어쩌면 가능할 수도 있었다.

하지만 알렉시스는 시술 헌터가 아닌 각성 헌터.

다만, 그가 속성을 각성한 헌터가 아닌 육체의 능력을 각성한 헌터였을 뿐이다.

그 때문에 알렉시스는 헌터로서의 한계가 분명했는데, 지금 그가 보이는 모습은 전혀 달랐다.

자신의 한계를 벗어나 엄청난 능력을 보여 주고 있는 것이다.

그것은 전적으로 그의 몸에 강림한 전투천사 도리아 덕분에 가능한 것이었다.

인간인 알렉시스는 자신이 가진 육체의 한계를 아직 알지 못하기에 가진 능력의 80% 정도밖에 사용하지 못하고 있지만, 전투천사인 도리아는 강림한 육체가 본인의 것이 아니기에 잠재력까지 모두 끌어다 쓸 수 있었다.

이러한 점은 육체를 가지지 못한 부정형의 마족들이 숙주로 삼은 존재를 움직이는 방법과 같았다.

하지만 이러한 마족들과 도리아의 다른 점이 하나 있었다.

전투천사인 도리아는 절대로 자신에게 육체를 내어 준 존재의 안위가 위험해질 정도까지 힘을 끌어다 쓰지 않는다는 점이었다.

그에 반해 마족들은 숙주로 삼은 존재의 육체가 망가지면, 또 다른 숙주를 찾아 이동하면 된다는 생각을 가지고 있었다.

어쨌든 현재 도리아는 알렉시스의 몸에 강림해 그의 잠재력을 폭발시켜 최대의 능력을 발휘하고 있는 상태였다.

그러다 보니 6등급에 머물고 있는 알렉시스가 가진 헌터 등급 이상의 신체 능력을 보여 줄 수 있는 것이었다.

"하압!"

촤아!

점프를 한 알렉시스는 정확한 타격점을 들고 있던 검으로 내리쳤다.

그러자 단단한 오크 주술사의 두개골은 물론이고, 오크 주술사가 쓰고 있는 해골 투구마저 단번에 잘라 버렸다.

"오크 주술사와 대전사가 죽었다!"

알렉시스는 자신이 오크 대전사와 오크 주술사를 죽인 것을 크게 외쳤다.

"와!"

"오크들을 죽여라!"

그의 외침을 들은 포세이돈 길드의 헌터들이 오크 전사들을 상대하며 크게 함성을 질렀다.

이윽고 우두머리가 죽은 것을 확인한 오크들은 아직 헌터보다 수가 많음에도 불구하고, 점점 더 수세에 몰렸다.

크악!

크와악!

　　　　*　　　　*　　　　*

　척! 척!

　"이번에 나온 것은 C5등급이다!"

　한 헌터가 자신들이 잡은 오크의 심장을 갈라 마정석을
채취하고 있다가 크게 놀라며 고함을 질렀다.

　"뭐? C5라고? 어디 한 번 보자."

　한국에서는 마정석의 등급을 최하급, 하급, 중급 등으로
분류하지만, 유럽에서는 그보다는 보석의 등급을 매기던 캐
럿을 단위로 사용하였다.

　그런데 그들이 유다른 건 아니었다.

　어느 정도 마정석의 크기와 색상 그리고 에너지 보유 상
태에 따른 생김새가 보석과 아주 유사하기에 이해하기 편하
게 같은 단위를 사용하게 된 것이다.

　즉, C5등급은 보석으로 치면 5ct이라는 뜻이고, 1kg의
무게를 가졌다는 뜻이기도 하다.

　그런데 C5등급이면 보통 5등급 이상에서 6등급 몬스터
에게서 나오는 마정석에나 매겨지는 등급이었다.

　그렇기 때문에 포세이돈 길드, 그것도 본대가 아닌 제3
공대인 이들이 사냥을 한 몬스터에서 이 정도 등급의 마정
석이 나온다는 것은 극히 드문 일이었다.

　한데 지금 벌써 네 개의 C5등급의 마정석을 확보한

상태였다.

이 때문에 포세이돈 길드 소속 헌터들이 흥분하며, 마정석을 채취한 헌터에게 달려가는 것이다.

그런데 그런 헌터들과 다르게 한쪽 옆에서 무언가 고민을 하는 듯한 사람이 있었다.

그 사람의 정체는 바로 위기에 처한 포세이돈 길드의 영웅, 알렉시스였다.

다른 헌터들이 자신들이 사냥한 오크들에게서 마정석을 채취하고 있을 때, 그는 조금 전 자신에게 일어난 일에 대해 고민을 하고 있었다.

[무엇을 고민하는가?]

그때, 다시 한번 영혼을 울리는 듯한 목소리가 말을 걸어왔다.

알렉시스에게 말을 거는 존재는 바로 칸트라 차원에서 넘어온 도리아였다.

오크 대전사와 주술사를 잡은 뒤, 도리아는 알렉시스의 몸에 강림한 것을 풀고 육체의 주도권을 다시 넘겨주었다.

하지만 알렉시스는 오크 주술사를 잡은 이후 오크들과의 전투에 합류를 하지 않고 전장을 지켜보기만 했다.

그도 그럴 것이, 그가 포세이돈 길드에서 공대장을 하고 있다고는 하지만, 그의 헌터 등급은 이제 겨우 6등급에 불과했다.

레벨로 치자면 50대 중후반 정도인 그였기에 전투천사인 도리아가 강림한 힘을 감당하는 것은 쉬운 일이 아니었다.

그나마 도리아가 여러 가지 버프를 걸어 주어 오크 대전사와 오크 주술사를 죽일 때까지 견딘 것일 뿐이었다.

만약 그렇지 않고 오크 대전사와 오크 주술사를 죽이기 위해 전투를 벌였다면, 전투가 끝나기도 전에 알렉시스의 몸이 강림한 도리아의 힘을 견디지 못하고 무너졌을 것이다.

그러한 이유 때문에 알렉시스는 두 마리의 6등급 엘리트 몬스터를 처치한 뒤로 더 이상 전투에 참여하지 못한 것이었다.

"당신은 누구입니까?"

말을 거는 도리아에게 알렉시스는 조심스럽게 정체를 물었다.

[나는 천계의 전투천사 도리아라고 한다. 한데 이건 아까도 말한 거 같은데?]

"천계의 전투천사? 그게 무엇입니까? 그리고 천계란 어디를 말하는 것입니까?"

알렉시스는 알 수 없는 말을 하는 다리오의 대답에 다시 한번 물었다.

[천계란 신들이 살고 있는 세상이다.]

"신들이 살고 있는 세상? 그게 정말입니까? 신이 정말로 있습니까?"

[그렇다. 신은 분명 존재한다. 내가 온 곳은 물론이고, 이곳에도 신은 존재한다.]

도리아는 자신이 알고 있는 것을 알렉시스에게 알려 주었다.

하지만 그는 그 사실을 믿을 수가 없었다.

대격변이 일어나고 수많은 사람들이 죽어 가는 동안 얼마나 신을 찾았던가.

한데 신은 단 한 번도 나타나지 않았다.

그저 사이비 몇이 신의 사도를 자청하며 사람들을 속였고, 부당이득을 챙기거나 거짓이 들통나 감옥에 들어갔다.

정작 그들이 말하는 신은 어디에도 보이지 않았다.

그런데 지금 자신을 천사라 말하는 존재가 있고, 또 신이 존재한다고 말을 하였다.

"하지만 대격변 이후 이곳 지구에는 한 번도 신이 나타난 적이 없습니다. 그저 신의 이름을 빌어 사람들을 속이는 이들만이 존재했을 뿐입니다."

알렉시스는 대격변 당시 사람들을 혹세무민하여 구렁텅이로 내몬 종교 지도자들을 떠올리며 그렇게 이야기하였다.

[네가 어떤 것을 보고 들었는지 난 알 수 없다. 하지만 두 가지 확실하게 아는 것은 있지.]

"그게 무엇입니까?"

[신이 존재한다는 것과 이 모든 것은 신이 계획한 일이란 것이다.]

도리아는 이곳으로 넘어오기 전 천계의 수장인 우레리우스로부터 들은 이야기 일부를 떠올리며 그렇게 말하였다.

하지만 알렉시스는 더 이상 신이란 존재의 확신이 없었다.

때문에 도리아가 신이 있다고 말해 봤자, 그로서는 받아들일 수 없어 그냥 말을 돌렸다.

"알겠습니다. 그런데 전투천사라는 것은 또 무엇입니까?"

[그건 내가 맡은 직책이며, 또한 내 존재의 의의다.]

"존재의 의의?"

[그렇다. 난 신이 내린 의지를 받들어 사고하는 존재들이 마계의 존재들에 의해 타락하는 것을 막는 수호자이자, 또한 타락한 이와 마계의 존재들을 징벌하는 징벌자이다.]

자신의 임무와 삶의 의의를 그대로 전달한 도리아였지만, 이를 들은 알렉시스에게는 조금 다르게 들렸다.

뭔가 자신이 세상의 비밀을 엿들은 것만 같은 느낌을 받은 것이다.

"마계의 존재로부터 인간들이 타락하지 않게 지켜 준다는 말씀이십니까?"

[그러한 일을 왕왕하기도 하지. 하지만 그보다는 마계의 존재를 죽이고, 마계의 존재에 의해 타락한 존재들을 징벌하는 것이 주 임무다. 너희 인간을 포함해 많은 의지를 가진 존재들을 지키고 보호하는 것은 나와 같은 전투천사의 임무가 아닌 수호천사들의 몫이다.]

"아!"

알렉시스는 방금 들은 이야기로 천사가 한 종류만 있는 것은 아니란 것을 깨달았다.

그런데 도리아와 이야기를 하면 할수록 뭔가 자신이 알고 있는 천사에 관한 이야기와 대동소이하다는 것을 알게 되었다.

마치 기독교 신화에 나오는 천사의 계급과 직책, 그리고 그와 반대편에 서 있는 악마들에 대한 묘사와 무척이나 닮아 있었다.

[우리 천사들의 수장께서는 너희 이계의 인간들을 마계의 마족들로부터 보호하기 위해 천계의 보물인 영광의 오브와 함께 나를 이곳에 파견하였다. 그러니 너는 이 소식을 너희 인간들의 지도자에게 알려 우리의 뜻을 전달하라.]

도리아는 자신이 이곳에 오게 된 이유와 지구에 마족들이 넘어와 무언가 음모를 획책하고 있음을 알리고, 인간들의 지도자들에게 자신들의 뜻을 전하라 이야기하였다.

"그 말이 사실이라면 우리 인간들에게 큰 도움이 되기는 하겠지만, 지금 제 위치상 지도자들을 만나는 것은 불가능합니다."

아무리 포세이돈 길드의 3공대장이라고 해도 자신이 속한 길드는 그리 크지 않았다.

그들이 자리 잡고 있는 그리스 내에서도 중간 규모였고, 유럽 전체를 보면 사실 포세이돈 길드와 같은 곳은 발에 채일 정도로 많았다.

그렇기 때문에 도리아가 말한 지도자, 즉 대통령이나 총리 등과 같은 자리에 있는 고위 권력자를 만나는 것은 사실 불가능한 일이었다.

그렇기에 알렉시스는 그러한 사실을 도리아에게 알려 주었다.

[네가 무엇을 걱정하는 것인지 알겠다. 하지만 내가 네가 가는 길을 도와주마.]

도리아는 알렉시스가 하려는 말이 무슨 뜻인지 알 수 있었다.

칸트라 차원이나 이곳 이계나 인간들이나, 지성체들의 생각은 비슷했다.

그렇기에 자신이 조금만 도와준다면 충분히 눈앞에 있는 인간이 그들의 지도자를 만날 수 있다는 생각에 돕겠다 말한 것이다.

무엇보다 앞에 앉아 있는 인간의 몸이 도리아는 무척이나 마음에 들었다.

자신이 강림하는 것에 금방 적응한 것인지, 힘을 끌어 쓰는 것에 전혀 어려움이 없었다.

사실 천사들의 강림은 말처럼 쉬운 일이 아니었다.

그 때문에 칸트라 차원에서도 천사들은 강림보다는 능력의 제약을 받더라도 직접 중간계로 현신하는 편이었다.

하지만 이곳 지구란 차원은 그 조건부터가 달랐다.

그렇기 때문에 현신을 함부로 시도하다가는 차원에 먹혀 존재를 상실할 수도 있었다.

그렇기에 도리아는 우렐리우스가 내린 임무를 수행하기 위해 힘든 강림을 할 수밖에 없었다.

이도 천계의 보물인 영광의 오브가 없다면 시도조차 해 보지 못할 일이었다.

*   *   *

세상이 떠들썩했다.

동북 아시아에 있는 한국에서 몬스터에게 점령이 된 땅을 수복하고, 또 그 과정에서 역대급 크기의 몬스터가 나타난 것에 대해 세계의 많은 사람들이 놀랐다.

잃어버린 땅.

분단이 되고도 거의 백 년 넘게 통일이 되지 못한 한반도였다.

한데 대격변으로 북한이 무너지고 그곳은 오랜 시간 몬스터의 터전이 되었다.

그러한 땅을 수복하고, 갑자기 튀어 나온 재앙급 몬스터를 피해 없이 해치웠으니 당연히 놀랄 수밖에 없는 것이다.

한데 그것만이 놀람의 이유는 아니었다.

그것은 바로 새로운 타입의 각성자.

세계 그 어느 곳에서도 나온 적이 없는 정령이었다.

그런데 그런 정령과 계약한 각성자가 한국 땅에서만 나오기 시작했다.

이 때문에 각성자나 몬스터학을 연구하던 기관원들이 대거 한국으로 몰려들었다.

이런 한국의 변화도 놀라울 진데, 유럽에서도 엄청난 일이 발생하였다.

오크들의 이상 증식은 물론이고, 유럽 연합 중 하나인 그리스의 수도 아테네에서 세계를 놀라게 할 만한 사건이 발생한 것이었다.

그 사건이란 바로 천사의 출현.

이 소식을 전한 사람은 그리스에 연고를 두고 있는 포세이돈 길드원이었다.

포세이돈은 총원 230명의 중견 헌터 길드로 일반 관리직 직원 30명과 7등급 초반의 길드장을 정점에 두고 그 밑

으로 6등급 헌터 20여 명, 그리고 그 밑으로 5등급 헌터
와 4등급 헌터가 주를 이루는 그리 크지 않은 길드였다.

하지만 사선의 중심에 있는 헌터로 인해 포세이돈 길드의
위상이 바뀌었다.

처음 천사와 조우한 포세이돈 길드의 3번 공대장 알렉시
스는 겨우 6등급 중반의 헌터였는데, 어떻게 된 일인지 천
사와 조우한 뒤 그의 헌터 레벨이 급등한 것이다.

기존보다 무려 10레벨 정도가 오른 66레벨이나 되었다.

이러한 소식이 전해지자 한국에 있는 헌터 관계자들은 현
재 대한민국에서 가장 핫한 헌터인 재식을 떠올릴 수밖에
없었다.

그도 그럴 것이, 재식도 어느 한순간에 레벨이 급등한 헌
터로 사람들의 관심과 의혹을 가지고 있었는데, 그리스에서
그와 비슷한 일을 겪은 헌터가 나타나니 비슷하다고 생각한
것이다.

그리고 그것은 재식 또한 마찬가지였다.

그리스 아테네에 위치한 곳에서 천사가 강림하여 헌터들
을 구해 주고, 주술사와 대전사가 포함된 오크 부족을 전멸
시켰다는 소식은 그로서는 그냥 지나치기 힘든 내용이었다.

왜냐하면 재식은 세상에 숨겨진 비밀의 편린을 엿봤기 때
문이다.

얼마 전, 국토 수복 계획으로 한창 북한 땅에서 몬스터를

몰아내고 있을 때 나타난 광기에 물든 물의 최상급 정령으로 인해 재앙급 몬스터 레이드가 이루어졌다.

다행히 레이드는 별다른 피해 없이 마무리되었다.

그 과정에서 재식은 정신을 차린 물의 최상급 정령인 슈마리온의 부탁으로 정령들이 지구에서 자리를 잡을 수 있게 도움을 주기로 했다.

시간이 흐르고 결국 슈마리온의 의뢰를 완료한 날, 재식은 슈마리온과 다른 최상급 정령들로부터 그들이 이곳 지구로 오게 된 비밀을 듣게 되었다.

그러한 비밀을 재식은 몇몇 관계자들과만 이야기를 하였다.

그도 그럴 것이, 제아무리 재식이라도 혼자서는 앞으로 지구로 넘어올 몬스터나 인류를 적대하는 존재들을 모두 감당할 수가 없다는 것을 알게 되었기 때문이다.

이러한 비밀을 알지 못할 때는 그는 나름 속편한 생각을 하였다.

성신 길드에게 복수를 마치고 나면, 앞으로 가정을 꾸리게 될 최수연, 그리고 부모님과 함께 잘 먹고 잘 사는 것에만 관심이 있었다.

그건 오마르의 기억을 엿보고도 마찬가지였는데, 애초 언체인 길드를 설립한 이유 중 하나이기 때문이었다.

앞으로도 강해질 자신과 언체인 길드라면, 언젠가 다시

올 오마르와 같은 존재를 쉽게 막아 낼 수 있을 것이라 여겼다.

실제로도 봉래호에 나타난 메드니스도 손쉽게 처리할 수 있었고 말이다.

하지만 세계의 비밀을 알게 되자 생각이 달라졌다.

앞으로 지금까지와는 다른 더욱 강력한 적들이 계속해서 몰려올 것을 알게 되었다.

또 신과의 계약을 파기하고, 자신들이 직접 지구로 현신하려는 칸트라 차원의 절대자들을 어떻게 막을 것인지 걱정됐다.

칸트라 차원의 중간계를 지배하는 흑룡왕의 실루엣을 처음 보았을 때, 공포로 심장이 멎을 뻔하였다.

그리고 그 흑룡왕의 수하에게 목숨을 잃을 뻔한 위기도 겪었다.

다행히 레이드에 성공하여 그것의 일부를 취하게 되었고, 전보다 더욱 강해지기는 했다.

하지만 아직도 흑룡왕의 실루엣을 떠올리면 심장이 세차게 뛰었다.

이러한 느낌은 4대 속성의 최상급 정령들과 영혼의 계약을 한 지금도 가시지 않았다.

그러니 그러한 존재들이 이곳 지구로 넘어온다는 슈마리온의 경고를 결코 허투루 들을 일이 아니란 생각이 들었다.

그런데 그리스에서 들려온 소식으로 재식의 경각심이 더욱 강하게 울렸다.

슈마리온은 자신이 알고 있던 흑룡왕이나 마계의 존재 말고도 정령과 함께 질서를 수호하던 천사들의 수장 또한, 자신의 본분을 잃고 욕망에 물들었다 하였다.

천사들의 우두머리인 우렐리우스는 칸트라 차원과 다르게 신이 하나 뿐인 지구에 직접 자신의 힘을 투사하여 신이 되려는 욕심을 가지고 있다고 하였다.

그리고 우렐리우스가 있는 천계에는 그러한 우렐리우스의 욕심을 실제로 완성시켜 줄 신기가 있음을 알려 주었다.

신들이 칸트라 차원을 떠나면서 회수하지 않은 유일한 신기.

바로 영광의 오브였다.

신격이 없는 우렐리우스에게 신격을 불어넣어 줄 수 있는 하나의 법기가 바로 이 영광의 오브로, 그와 비슷한 격을 가진 존재라면 누구라도 신과 같은 기적을 만들어 낼 수 있게 해 주는 물건이었다.

다만, 그것을 사용하려면 신성력과 같은 아주 순수한 에너지가 필요했다.

칸트라 차원에서는 그것을 어찌할 방법이 없었지만, 지구에서는 인간들의 사념 덕분에 사용이 가능했다.

순수한 인간들의 사념은 큰 에너지이고, 사념이 발산되는 것은 영혼의 파동과 같기 때문이었다.

즉, 신의 기운인 신성력과 가장 비슷한 파장이 바로 사고를 히는 생명체가 가진 영혼의 파동이었다.

그렇기 때문에 우렐리우스만한 격을 쌓은 존재가 인간의 사념을 모은다면, 신기인 영광의 오브를 충분히 사용할 수 있는 것이다.

이러한 비밀을 이미 알고 있던 정령왕 엘리오스는 슈마리온에게 그 내용을 말해 주며, 지구에 먼저 가 있도록 지시했다.

하지만 그러한 비밀은 엘리오스만 알고 있는 것이 아니었다.

마계의 지배자인 대마왕 번도 천계의 비밀을 알고 있었다.

또 엘리오스가 천계의 수장인 우렐리우스만 경계하는 틈을 타서 자신의 계획을 섞어 넣은 것이다.

거기까지는 깨나 성공적이라 할 수 있었다.

하나 대마왕은 최상급 물의 정령인 슈마리온의 능력을 너무 낮게 보았다.

자신의 기운을 조금이나마 받은 광기의 정령 정도면 충분할 것이라 예상을 하였지만, 물의 정령이 가진 정화의 능력은 그의 예상을 뛰어넘었다.

그로 인해 대마왕의 명령을 받은 광기의 정령 메드니스는 그 뜻을 제대로 펼쳐 보지도 못한 채 재식과 헌터, 그리고 슈마리온의 협공에 소멸하였다.

아니, 정확하게는 가지고 있던 에너지가 흩어지며 초기화 되었다고 하는 것이 맞을 것이다.

자연계 정령들처럼 정신계 정령도 속성과 연관된 에너지가 모이게 되면 언젠가는 다시 나타날 테니 말이다.

하지만 그때 나타나는 정령은 원래 있던 정령과는 다른 정령일 것이다.

아무튼 재식은 슈마리온에게 들은 경고대로 천계의 존재가 지구에 나타난 것에 경계를 하기 시작했다.

그런데 이러한 사건은 유럽에서만 일어난 것이 아니었다.

재식이 있는 아시아의 반대편에 있는 아메리카 대륙에서도 또 다른 대형 사건이 벌어졌다.

*   *   *

멕시코 북동부 타마울리파스 주 레이노사.

리오그란데 강을 사이에 두고 미국 텍사스 주 히댈고 군과 마주하고 있는 도시로 주로 소 사육과 목화, 옥수수, 사탕수수 등의 작물 생산을 하는 산업이 크게 발달한 도시다.

하지만 그것도 옛말.

차원 게이트와 게이트 브레이크로 인해 나타난 몬스터 때문에 모든 생산이 줄어든 상태였다.

그나마 다행인 것은 미국의 국경과 접하고 있다 점이었다.

아무래도 몬스터가 출현하면 미국도 많은 피해를 입기에 서로 협력하여 던전을 처리해 왔고, 덕분에 피해가 많지 않았다.

하지만 그것마저도 불과 며칠만에 옛말이 되었다.

느닷없이 나타난 다수의 차원 게이트로 인해 상황이 바뀐 것이다.

쾅! 쾅! 쾅!

무려 열 개나 되는 차원 게이트가 리오그란데 강 인근에 나타났는데, 그것들은 일제히 브레이크를 일으켰다.

"이거 뭐야! 게이트 브레이크까지 아직 시간이 남아 있었잖아!"

그 모습을 보고 있던 누군가 믿을 수 없다는 듯이 외쳤다.

아직 게이트 브레이크까지는 시간이 남아 있었는데, 어찌된 일인지 차원 게이트들이 하나둘 브레이크를 일으키더니 남은 것들까지 모두 브레이크가 발생한 것이었다.

"뭐 하고 있어! 어서 비상을 걸지 않고!"

게이트 브레이크가 발생한 것에 정신이 쏠린 와중 누군가 급하게 소리쳤다.

"아, 이럴 때가 아니지."

애앵— 애앵—

차원 게이트를 주시하던 국경 수비대 대원 중 하나가 동료의 질타에 얼른 정신을 차리고 사이렌을 울렸다.

이에 멕시코 국경 수비 대원들은 물론이고, 다수의 차원 게이트가 발생한 탓에 몰려든 헌터들도 이러한 사이렌 소리에 밖으로 나왔다.

그리고 그건 비단 멕시코뿐만 아니라 국경을 맞대고 있던 미국 텍사스 주의 방위군도 비상이 걸렸다.

위잉— 위잉—

그 때문에 리오그란데 강 인근은 양국에서 울려 대는 사이렌 소리로 무척이나 시끄러웠다.

중무장을 한 군부대와 항공 전력은 물론이고, 다양한 무장을 한 헌터들까지 대거 리오그란데 강 어귀로 몰려들었다.

이러한 미국의 발 빠른 대처와 다르게 멕시코 쪽의 반응은 영 시원치 않았다.

미국의 많은 과학자들은 게이트 브레이크가 발생할 때, 주변에 있는 다른 차원 게이트도 연쇄적으로 일어날 확률이 50% 이상 상승할 것이라 경고를 했었다.

하지만 멕시코는 이러한 정보를 미국에게서 넘겨받았음에도 불구하고, 미흡한 대처를 보이고 있었다.

멕시코는 헌터들을 아직까지 차원 게이트 인근에 동원하지 않은데다가 아직 상황도 제대로 파악하지 못해 우왕좌왕하고 있있다.

크아앙!

그런데 그러한 멕시코의 사정을 가만히 봐줄 몬스터가 아니었다.

아직 정비가 되지 않은 멕시코 쪽으로 게이트를 벗어난 몬스터들이 일제히 몰려들기 시작했다.

몬스터라고 해서 지능이 없는 것은 아니었다.

아니, 오히려 본능이 발달하다 보니 약한 쪽을 파악하고 이를 공격했다.

비교적 방비가 잘된 미국보다는 아직 어수선하고 상대적으로 강한 존재감이 느껴지지 않는 멕시코의 전력을 만만히 본 것이었다.

그렇게 몬스터는 빠르게 멕시코의 헌터들이 있는 쪽으로 달려들었다.

"으악!"

"막아!"

"으아! 제발 살려 줘!"

"나 좀 도와줘!"

쾅! 쾅!

구워어어억—

열 개나 되는 던전 브레이크로 인해 달려드는 몬스터의 수가 어마어마했다.

때문에 그걸 보고 있던 헌터와 군인들은 전투 한 번 벌이기도 전에 비명을 질러 댔다.

자신들을 향해 달려드는 몬스터에게서 살기 위해 비명을 지르고 구해 달라 애원을 해 보지만, 다른 사람들도 모두 비슷한 상황이라 이들에게 신경을 쓸 겨를이 없던 것이다.

"어머니!"

"안 돼!"

타타타탕!

어떤 이들은 집안에 있던 총기를 꺼내 몬스터에 대항을 해 봤으나 게이트에서 나온 몬스터들은 모두가 두터운 가죽으로 둘러싸인 강인한 체력과 날카로운 발톱을 가진 괴물들이었다.

그렇다 보니 인간이 가진 총기류로는 전혀 상처를 입히지 못했다.

아니, 오히려 날카로운 총성으로 스트레스를 받아서인지 몬스터들의 흉포한 괴성만을 더욱 키웠다.

한편, 이러한 멕시코 쪽의 피해를 지켜보는 텍사스 주의 방위군과 헌터들은 마른침을 꿀꺽 삼켰다.

그나마 자신들은 방비를 하고 있기에 아직 몬스터들로부터의 피해는 없었지만, 조만간 자신들에게도 놈들이 몰려올 것이란 것을 잘 알고 있었다.

그렇기에 그들은 현재 자신들의 상태를 꼼꼼히 점검했다.

"자신들의 장비를 다시 한번 점검하기 바란다."

방위군 사령관은 뒤늦은 명령을 하고, 자신은 펜타곤으로 연락을 하러 자리를 떠났다.

아무리 텍사스에 있는 모든 헌터들을 소집하고 또 주 방위군까지 출동하여 대비 태세를 갖추고 있다고는 하지만, 일제히 브레이크를 일으킨 열 개의 차원 게이트 안에서 쏟아진 몬스터의 숫자는 예상보다 훨씬 많았다.

그렇기에 자신들만으로는 몬스터를 막아 내기 역부족이라는 판단을 내렸다.

더욱이 게이트에서 쏟아져 나온 몬스터는 보기에도 범상치 않기까지 했다.

재앙급으로 보이는 7등급의 보스 몬스터는 아직 보이지 않고 있지만, 최소 6등급 엘리트 몬스터로 보이는 놈들이 다수 눈에 띄었다.

6등급 엘리트 몬스터를 따라 다수의 몬스터가 함께한다면 비록 위험 등급은 낮더라도 재앙급 보스 몬스터 이상으로 큰 피해를 입을 수도 있었다.

재앙급 보스 몬스터는 한 방, 한 방이 강력해 많은 피해와 그 처리가 위험했다.

한데 그와 반대로 6등급 엘리트 몬스터에게 따르는 추종 몬스터가 만 단위가 넘어가게 된다면, 이 또한 재앙급 이상으로 어마어마한 피해를 남긴다.

그만큼 몬스터의 숫자도 무시할 수 없다는 소리였다.

막말로 최하급으로 분류가 되는 고블린만 하더라도 그 숫자가 만 단위가 넘어가게 된다면 아무리 강력한 헌터라도 이를 쉽게 해결할 수가 없었다.

그것은 제아무리 헌터 길드라도 마찬가지였다.

그렇기 때문에 몬스터의 등급도 중요하지만, 나타나는 몬스터의 숫자도 헌터들이 상대할 때 상당히 까다로운 것 중 하나였다.

그런데 지금 최소 5등급 엘리트나 네임드급 몬스터가 때를 지어 나타난 것은 물론이고, 이것들을 지휘하는 것처럼 6등급 엘리트 몬스터가 다수 자리를 잡고 함께 움직이고 있었다.

그러니 텍사스 주 방위군 사령관도 게이트가 일제히 브레이크를 일으키자, 급하게 명령을 내리고 상급 기관인 펜타곤에 긴급 보고를 하러간 것이었다.

5. 몰려오는 재앙

두두두두두두.

슈웅—

쾅, 쾌광!

리오그란데 강 유역은 전쟁터를 방불케 하는 전장이 되어
버렸다.

하늘에서는 전투기와 헬리콥터가 날아다니며 지상에 폭
탄과 미사일을 낙하했고, 지상에서는 텍사스 주 방위군의
전차와 장갑차에서 각종 포탄과 대구경 기관총을 연신 쏘아
댔다.

크와아앙!

하지만 몬스터들의 반격도 만만치 않았다.

이미 멕시코 쪽인 레이노사 시는 몬스터에 의해 쑥대밭이 되어 버린 상태.

레이노사를 초토화시킨 몬스터들은 방향을 틀어 멕시코와 미국의 국경인 리오그란데 강까지 침범했고, 이내 미국의 국경마저 넘었다.

쾅!

"이런 제기랄!"

한창 몬스터를 향해 공격하고 있던 장갑차에서 병사 하나가 절규하듯 소리쳤다.

자신의 머리 위에 떠 있던 헬리콥터 한 대가 몬스터의 공격을 받고 폭발하였기 때문이다.

벌써 몬스터에 의해 격추된 헬리콥터와 전투기만 해도 열 대가 넘어갔다.

그나마 다행인 점은 아직까지 지상군만큼은 멀쩡하다는 것.

하지만 그러한 행운이 언제까지 지속될 지는 그 또한 알지 못했다.

병사가 그러한 생각을 하는 그때, 강을 넘어온 몬스터들이 뭍으로 올라오고 있는 것이 그의 눈에 띄었다.

그는 장갑차 위에 있는 기관총으로 몬스터를 향해 쏘아 대면서도 점점 밀려드는 놈들의 모습에 질려 갔다.

그는 마치 이성을 잃은 듯 소리치며 장갑차 상판을 두들 겼다.

"젠장!"

쾅, 쾅, 쾅!

"리코, 정신 차려!"

"제미니 상병님! 이대로 괜찮은 것입니까?"

리코라 불린 병사는 자신의 상급자인 제미니를 쳐다보며 물었다.

그런 그의 질문에 제미니 상병은 조심스럽게 대답하였다.

"이제 슬슬 상부에서 후퇴를 명령할 거다."

"몬스터가 저렇게 밀려오는데, 후퇴를 한다는 말입니까? 그럼 뒤는……."

리코는 두려움 속에서도 자신들이 후퇴하게 되면 생길 일 을 떠올렸다.

그가 고개를 뒤로 돌리자 멀찍이 있는 마을이 점처럼 보 였다.

자신들이 후퇴하게 되면 분명 저기 보이는 마을로 몬스터 들이 몰려들 터였다.

비록 자신이 살고 있는 마을은 아니라지만, 군인으로서 민간인을 지키지 못하는 것에 무언가 답답함을 느꼈다.

"정신 차려, 리코. 우린 몬스터 헌터가 아니다. 그런 일 은 헌터들이 하는 일이지."

리코의 질문에 제미니 상병은 자신들의 임무에 대한 한계를 확실하게 알려 주었다.

인간을 상대로 할 때야 군대가 유용한 것이지, 몬스터를 상대로 한다면 아무리 강력한 전차나 전투기라도 그 한계는 확실했다.

때문에 자신들과 같은 군인들은 지금처럼 대단위 몬스터 웨이브가 발생했을 때, 몬스터의 진행을 방해하고 덤으로 숫자를 조금 줄여주는 것이 끝이었다.

그 다음은 모두 헌터들의 몫이었다.

헌터들은 자신들이 벌어준 시간 동안 준비하며 대기하다가 군대의 공격에 진형이 무너진 몬스터 무리 속으로 파고들어 학살하는 것.

그게 바로 헌터들이 할 일이었다.

그러니 어느 정도 공격을 퍼부은 자신들은 상부에서 후퇴 명령이 들어오면 바로 철수를 하면 된다.

물론 그렇다고 군인들의 일이 모두 끝난 것은 아니었다.

혹시나 헌터들의 방어 라인을 뚫고 빠져나온 몬스터가 있을 수 있었다.

하여 일단 뒤로 빠진 뒤 저 멀리 떨어져 있는 마을 입구에서 다시 라인을 형성하고, 포위망을 빠져나온 몬스터가 있는지 지켜봐야만 했다.

치직!

[주 방위군은 강어귀에 묻어 놓은 폭탄이 폭발하는 즉시, 지정된 장소로 이동한다.]

상부의 지시가 내려왔다.

이를 들은 제미니 상병은 기어를 조작하여 주차에서 후진으로 놓았다.

무전대로 강어귀에서 폭발이 일어나면 신속하게 후퇴를 하기 위해서였다.

꽝! 콰광!

얼마 지나지 않아 강어귀에서 커다란 폭발이 일어났다.

일반적인 고폭탄으로는 몬스터에게 별다른 피해를 주지 못한다는 것은 이미 다들 잘 아는 사실이었다.

그렇기에 공병들은 강어귀에 폭탄을 묻을 때, 한 번 불이 붙으면 잘 꺼지지 않는 백린이 포함된 소이탄을 묻어 두었었다.

그 때문인지 폭발한 불꽃은 하얀 연기를 피워 올리며 몬스터들을 덮쳤다.

크아악!

레이노사를 초토화시키고 너무도 당당하게 리오그란데 강을 넘어오던 몬스터들은 텍사스 주 방위군이 묻어 둔 네이팜탄들의 폭발을 뒤집어쓰고 비명을 질러 댔다.

일반적인 불도 아니고 백린이 포함된 불꽃은 아무리 단단한 외피를 가진 몬스터라도, 그리고 6등급에 이르는 몬스터라도 견디기 힘든 공격이었다.

아니, 등급이 높은 몬스터라 생명력이 강한 것 때문에 더욱 많은 고통을 느끼며 비명을 질렀다.

차라리 한순간에 목숨을 잃을 정도의 공격이라면 고통이라도 없었을 것이다.

강어귀에 묻혀 있던 네이팜탄의 불길은 5, 6등급 몬스터의 목숨을 한순간에 앗아갈 정도로 강력한 것은 아니기 때문에 엄청난 고통을 주면서도 정작 몬스터들을 죽이지는 못했다.

하지만 그 때문에 대기를 하고 있던 헌터들은 낭패를 겪게 되었다.

4등급 이하의 몬스터에게 네이팜탄은 아주 훌륭한 방어 무기였다.

5등급 몬스터들과 생명력을 비교하면 턱없이 부족하기 때문인데, 그 덕분에 네이팜탄의 열기를 오래 견디지 못하고 놈들은 고통 속에서 죽어갔다.

사람들은 이러한 몬스터들의 처절한 죽음을 지켜보며 묘한 쾌감을 느끼기도 했다.

때문에 중남미 국가들은 몬스터 웨이브가 발생하면 이런 네이팜탄이나 백린탄 등과 같은 금기 무기를 자주 사용하였다.

비록 사용 이후, 땅이 황폐화되어 농작물을 심기 부적합

한 땅이 되어 버리지만, 그래도 몬스터를 쉽게 대량 살상할 수 있다는 장점이 있었다.

더욱이 그렇게 몬스터의 시체가 불에 타 버리면 부속물을 얻지 못하는 단점이 있기는 하지만, 대신 몬스터가 품고 있는 마정석을 쉽게 채취할 수 있다는 장점도 있었다.

그런데 지금 미국 텍사스 주 방위군도 중남미 국가들처럼 네이팜탄을 사용해 몬스터 웨이브를 막아 보려 하였지만, 이들은 아주 큰 실수를 하고 말았다.

그것은 바로 게이트 브레이크로 출현한 몬스터들이 모두 5등급 이상이라는 것이다.

그 때문에 생명력이 왕성한 놈들은 네이팜탄의 열기에도 쉽게 죽지 않고 오히려 상처를 입은 맹수마냥 날뛰었다.

크아아아아아!

몬스터들은 고통에 비명을 지르면서도 전면에 있는 헌터들을 향해 달려들었다.

다 꺼지지 않은 불꽃을 몸에 달고 뛰어오는 5등급 이상의 커다란 몬스터들은 마치 불붙은 탱크가 보병을 상대로 달려드는 형상이었다.

그래서 그런지 주 방위군이 빠지고 남은 헌터들은 순간 당황했다.

그럴 수밖에 없는 것이, 백린은 헌터들에게도 무척이나 위험하기 때문이었다.

아무리 강력한 헌터라도 그 주체는 인간이다.

그러니 백린이 몸에 붙으면 피부까지 떼어 내지 않는 이상 불은 꺼지지 않고 헌터의 신체를 내워 버릴 것이었다.

이러한 문제로 헌터들은 자신들을 향해 달려드는 몬스터에게 쉽게 접근하지 못했다.

"어떤 새끼가 네이팜을 사용하자고 한 거야!"

헌터들 속에서 누군가 불만의 소리를 내질렀다.

차원 게이트의 에너지만 측정해도 브레이크가 발생했을 때, 그 안에서 나올 몬스터의 등급도 대충 알 수 있었다.

그런 것도 확인하지 않은 채 무턱대고 다른 국가에서 효과를 봤다고 똑같은 작전을 사용하다니, 난감한 상황이 되어 버린 헌터들은 어처구니가 없었다.

한데 당황하고 있는 것은 비단 헌터들만이 아니었다.

작전 지시를 내리고 지켜보던 텍사스 주 방위군 사령부에서도 자신들의 예상을 빗나간 현장의 모습에 당황하기는 마찬가지였다.

몬스터 웨이브가 발생한 리오그란데 강에서 10㎞정도 떨어진 텍사스 주 방위군 사령부의 임시 작전실에서 고성이 터져 나왔다.

"이게 어떻게 된 일이야!"

불붙은 몬스터들은 별다른 피해도 입지 않고, 오히려 처음보다 더 날뛰며 헌터들에게 몰려가고 있었다.

그 모습을 보고 있던 소장계급의 장군 목소리였는데, 예상을 뛰어넘는 몬스터들의 능력에 놀란 것이었다.

작전실 안에 있던 인원 중 어떤 사람도 지금 상황을 타파할 의견을 내지 못한 채 그저 멍하니 현장을 바라만 보고 있었다.

하지만 언제까지 이렇게 당황하고 있을 수만은 없었다.

시간을 무의미하게 보내다가는 자칫 레이노사가 무너진 것처럼 마주하고 있는 매캘런, 미시온, 알라모 등, 리오그란데 강을 타고 늘어선 도시들이 몬스터에 의해 초토화가 될 것이 빤했다.

그렇기 때문에 빠르게 대책을 만들어 내야만 했다.

"다들 뭐 하고 있나! 무슨 방법이라도 생각을 해내란 말이야!"

그란트 소장은 작전실 안에 있는 사람들을 보며 소리쳤다.

"저⋯⋯."

그란트 소장의 호통소리에 주변이 조용해졌을 때, 누군가 작은 목소리로 말을 했다.

"누군가?"

그란트 소장은 얼른 소리가 들린 방향으로 몸을 돌리며 물었다.

"예. 통신과 하사, 지미 헌트입니다."

"그래, 뭔가 방법이 있겠나?"

그란드 소장은 눈을 반짝였다.

어떠한 방법이라도 좋으니 쓸만한 대책을 말해 주길 바라며, 무언가 말을 하려는 듯한 지미 헌트 하사를 바라보았다.

그런 그란트 소장의 물음에 지미 헌트는 조심스럽게 대답을 하였다.

"몬스터의 몸에 불이 붙었으니, 그 위에 액화 질소를 뿌리는 것은 어떻겠습니까?"

"액화 질소? 그게 무슨 방법이 되나?"

뜬금없는 이야기에 그란트 소장은 고개를 갸웃거리며 물었다.

"오래전 영화에서 본 기억이 있습니다."

"영화?"

그란트 소장은 막힌다는 표정을 하며 지미 하사를 보았다.

하지만 그런 그란트 소장의 눈빛에도 지미 헌트는 기죽지 않고 빠르게 이야기를 이어갔다.

"에일리언이라는 SF 영화를 보면 외계 생명체인 놈을 죽이기 위해 여러 가지 방법들이 나옵니다. 에일리언은 몬스터와 같이 생명력이 무척이나 뛰어나 쉽게 죽지 않으니다. 이에…….”

지미는 자신이 본 영화 에일리언에 관한 이야기를 들려주며 설명을 이어 나갔다.

“불에도 죽지 않은 에일리언을 주인공이 이번에는 반대로 액화 질소를 뒤집어씌워 죽이는 장면이 있었습니다.”

“그게 그렇게 쉽게 잡을 수 있나? 이건 영화가 아닌데?”

그란트 소장은 영화가 아닌 현실에서도 그게 가능한지 물었다.

“제가 과학도는 아니지만 들은 적이 있습니다. 단단한 물체를 깨뜨리는 쉬운 방법으로, 물체를 뜨겁게 달궜다가 급속 냉동을 시키면 분자 결합이 깨지면서 물체가 쪼개진다고 합니다.”

소장이 이야기를 한 지미 헌트에게 물어보았지만, 대답은 다른 곳에서 들려왔다.

“가능하다고?”

“예. 달궈진 철판에 액화 질소와 같이 끓는점이 낮은 액체를 부으면 열 피로로 인해 분자구조가 끊어진다고 합니다.”

“좋아! 그럼 얼른 액화 질소를 수배하여 현장으로 보내!”

“알겠습니다.”

　　　　*　　　　*　　　　*

치직!

— 곧 지원 물품이 도착할 것이다. 그러니 방어선을 구축하고 있는 헌터들은 5㎞ 뒤로 물러나기 바란다. 다시 한 번…….

"뭐야!"

느닷없이 주 방위 사령부에서 무전이 날아와 전선을 뒤로 물리라는 지시가 내려오자 현장에 있던 지휘관들은 순간 당황해 소리쳤다.

그도 그럴 것이, 지금 눈앞에 거대한 몬스터가 몸에 불을 붙인 채 거대한 파도처럼 밀려오고 있었다.

그런데 이 상황에 후퇴를 하라고 하니, 감정을 주체하지 못하고 소리친 것이었다.

"대대장님, 어떻게 합니까?"

대대장과 통신을 함께 들은 부관이 물었다.

"후~ 어떻게 하긴 어떻게 해. 명령대로 해야지."

"하지만……."

부관은 고개를 돌려 저 멀리 떨어진 마을을 보며 작게 중얼거렸다.

하지만 그것도 잠시, 대대장이 그러하듯 그도 명령에 따를 수밖에 없었다.

"어쩔 수 없잖아. 사령부에서 뭔가 방법이 있으니 우리보고 뒤로 물러나라 하는 것 아니겠나. 한 번 믿어 보자고."

"알겠습니다. 그럼 헌터들에게 사령부의 명령을 전달하겠습니다."

"그래!"

탕! 탕!

대대장은 부관에게 명령을 하고는 자신이 타고 있는 지휘 차량의 차체를 두들겼다.

"이동해!"

부관은 헌터들에게 명령을 전달하기 위해 떠나고, 대대장도 운전병에게 지시를 하여 후방으로 이동하기 시작했다.

두두두두두.

이들이 막 후방으로 이동을 하고 있을 때, 저 멀리 하늘에서 커다란 수송기 한 대가 날아오고 있었다.

그 수송기는 리오그란데 강을 따라 날아오더니, 몬스터 웨이브가 일어나고 있는 상공에서 알 수 없는 상자들을 떨어뜨렸다.

이러한 모습을 후방으로 후퇴한 헌터들과 군인들은 조용히 지켜보았다.

"뭔 지랄을 하는 거야."

누군가 공중에서 떨어지고 있는 상자를 쳐다보며 중얼거렸다.

그러지 않아도 백린탄 때문에 골치 아픈 상황이었는데, 또 무슨 짓을 하려는지 걱정되었기 때문이다.

하여 내부분의 헌터들은 저 상자가 쓸데없는, 아니, 오히려 더욱 상황을 악화시키지만은 않기를 바라고 있었다.

그렇게 조마조마한 마음으로 보고 있던 그들은 이내 깜짝 놀라고 말았다.

쾅, 쾅, 쾅!

커다란 낙하산을 매달고 공중에서 떨어지던 상자들이 몬스터들의 머리 위에서 커다란 소리를 내며 폭발한 것이다.

한데 강력한 폭탄을 가지고 폭격을 해도 모자랄 판에 생각보다 작은 폭발음을 듣고는 사람들이 의아한 표정을 지었다.

하지만 그러한 의문도 하얀 연기와도 같은 것이 불이 붙은 채로 이동하고 있던 몬스터를 뒤덮자 이내 이해할 수 있었다.

하얀 기체를 뒤집어 쓴 몬스터들은 하나같이 몸에 붙은 불이 꺼지고, 또 그 표면이 하얗게 서리가 낀 것처럼 얼어붙었다.

그리고 급기야 유리가 충격에 깨지듯 갈라지며 부서져 내렸다.

"와아!"

몬스터들의 급격한 변화를 지켜보던 사람들은 헌터와 군

인 할 것 없이 일제히 환호성을 내질렀다.

너무나 극적인 변화에 사람들이 환호하고 있을 때, 하늘에서는 또 다른 비행기가 나타나 몬스터들이 있는 곳에 같은 작업을 하고 지나갔다.

*   *   *

90인치의 커다란 텔레비전 화면 안에는 마치 판타지 영화를 틀어 놓은 듯한 영상이 흘러나오고 있었다.

재식은 그런 텔레비전 화면을 주시하며 자신도 모르게 마른침을 삼켰다.

얼마 전 유럽에서 들려온 천사에 관한 소식도 소식이지만, 지금 화면에 보이는 장면은 재식의 심장을 무척이나 뛰게 만들었다.

'천계에 이어 중간계도 본격적으로 침공을 시작했구나.'

슈마리온으로부터 경고를 듣긴 했지만, 하는 일이 많다 보니 잠시 잊고 있었다.

그런데 세계 이슈를 듣고 또 속보로 전해진 미국의 상황이 전해지면서 재식은 잊고 지내던 기억을 떠올려야만 했다.

'그런데 그 마계의 대마왕이란 존재는 언제 시작하려는 것이지? 설마 슈마리온에게 한 것으로 끝나지는 않겠지. 명

색이 대마왕인데······.'

재식은 슈마리온으로부터 들은 이야기 중 자신과 계약을 한 정령세를 뺀 다른 이계의 절대자들의 세계를 되짚어 보며 생각하였다.

인간의 부정적인 사념을 먹고, 또 인간을 타락시켜 자신들의 힘을 키우는 마계의 존재.

그리고 인간만큼이나 욕심이 많고, 흑룡의 지배를 받는 족속.

마지막으로 마족이나 드래곤과는 거리가 있지만, 이성을 가진 존재들의 찬양을 자신들의 밑거름으로 삶는 천계의 존재.

재식은 그들을 지구의 종교에서 언급한 천사와는 다른 존재라 판단을 내렸다.

그도 그럴 것이, 지구의 종교에서 언급한 천사는 신의 대리인으로 혹은 그 말씀을 인간에게 전하는 메신저 역할을 하며, 인간이 악마에게 넘어가 타락하지 않게 보호하는 존재다.

하지만 칸트라 차원의 천족은 그런 천사와 비슷하면서도 달랐다.

그들은 메신저이며 또 다른 한편으로는 징벌자였다.

마족으로부터 타락하지 않게 보호하는 역할이 아닌 타락한 존재를 징벌하고 처벌하는 존재들인 것이다.

그러면서도 그들은 새로운 세상으로 넘어와 자신들이 또 다른 신이 되려고 하려는 계획을 획책하고 있었다.

그것도 직접적인 권능을 행사하지는 않지만, 엄연히 이곳 지구를 담당하는 신이 분명 존재함에도 말이다.

자신과 계약한 슈마리온으로부터 이러한 이야기를 들었을 때, 재식은 이를 갈았다.

결국 재식은 칸트라 차원에서야 어땠을지 모르지만, 이곳 지구에서는 그 천족이란 존재들이 결코 이로운 존재가 아니란 판단을 내렸다.

그리고 재식은 이들에 대응할 힘을 키울 결심을 하게 되었다.

하지만 자신은 하나이고, 적이라 생각하는 집단은 무려 셋이나 되었다.

그것도 전 세계에 있는 헌터들이 모두 연합하여 달려들어도 상대가 될지 의문인 집단이 말이다.

그럼에도 재식은 이들을 막기 위해 준비를 해야만 했다.

그래야 자신과 자신의 가족, 그리고 자신의 품에 있는 이들이 행복하게 생을 연명할 수 있기 때문이었다.

그렇지만 지금으로서는 어떻게 해야 할지 앞이 막막했다.

"슈마리온."

재식은 순간 어떻게 해야 할지 판단이 서지 않자, 곧장 자신과 계약한 물의 최상급 정령인 슈마리온을 소환했다.

자신보다 많은 것을 알고 있고, 오랜 세월을 살아온 존재인 그에게서 조언을 듣기 위해서였다.

[불렀나? 친구?]

재식의 소환에 나타난 슈마리온은 차분한 어조로 인사를 하였다.

[그런데 무슨 일로 날 부른 거지? 혹시 또 사냥을 나가려는 건가?]

슈마리온은 재식이 보통 강력한 몬스터 사냥을 할 때나 자신을 소환했기에 혹시나 하는 생각에 물었다.

"아니. 그건 아니고, 아무래도 전에 네가 한 이야기처럼 천계와 중간계의 존재들이 모습을 드러낸 것 같다."

재식은 사무실 전면에 있는 커다란 텔레비전 화면을 쳐다보며 말을 하였다.

[오, 특이한 영상구군.]

슈마리온은 재식의 시선이 가 있는 텔레비전 화면을 보며 그렇게 이야기하였다.

칸트라 차원에도 오래전 마법사란 존재들이 먼 거리에 있는 풍경을 마법을 이용해 직접 그 자리에 있지 않더라도 볼 수 있는 영상 장치를 만들었다.

하지만 인간들이 흑룡왕 앙칼리우로스와 그의 추종자들에게 멸종을 당한 뒤로 그러한 아티팩트는 사라져 버렸다.

슈마리온도 그와 비슷한 물건을 본 것이 아주 오래전 일이었다.

그래서인지 지금 지구에서 그와 비슷한 물건을 보게 되자 참으로 감회가 새로웠다.

"저건 텔레비전이라고 하는 건데……."

재식은 텔레비전이 마법이 아닌 과학의 산물이고, 또 어떤 원리로 작동을 하는 것인지 간단하게 설명을 해 주었다.

[차원은 달라도 인간들의 생각해 내는 것은 확실히 비슷하기는 하군.]

정령인 슈마리온이 느끼기에 인간들은 참으로 희한한 존재들이었다.

차원이 다르고 또 그 문명의 발전 기반이 과학과 마법이라는 전혀 다른 것임에도 불구하고, 필요로 하는 것이 같기에 비슷한 물건을 만들어 사용을 한다는 것이 너무나 놀라웠다.

[칸트라 차원에 살던 인간들도 참으로 상상력이 풍부한 존재들이었는데…….]

오래전 자신의 계약자와 함께 인간들의 세상을 돌아본 적이 있던 슈마리온은 오랜 기억을 떠올리며 작게 중얼거렸다.

"추억에 잠기는 것은 잠시 미뤄 두고 할 말이 있어."

재식은 슈마리온이 작게 중얼거린 이야기를 듣고는 얼른 그를 불렀다.

[그래. 할 말이란 무엇인가?]

"다름이 아니라 천계의 존재와 흑룡왕의 끄나풀들은 이미 나타난 것 같은데, 아직 마계의 존재들은 보이지 않아서 말이야. 네 생각은 어때?"

재식은 자신이 생각하기에 세 곳의 적 중, 가장 먼저 나타날 것이라 예상한 마계의 존재들이 다른 두 개의 세력이 나타난 것보다 늦자 불안해 물었다.

[확실히 이상한 일이기는 하군. 다른 어느 곳보다 추진력이 좋은 마계의 존재들이 아직까지 이곳에 나타나지 않았을 리가 없다. 그 말은 아마도 뭔가 더 큰 것을 준비한다는 것이겠지.]

"그렇지 않아도 나도 그럴 거라 생각했다. 원래 성격이 음침한 놈들이 숨어서 어느 정도 세력을 키운 다음에 나타나더라고."

*   *   *

야베 신타로는 어두운 동굴 속을 급히 달렸다.

"헉! 헉! 헉!"

그는 첨벙첨벙 소리를 내며 걷고 있었는데, 물이 정강이까지 잠기는 탓에 그의 걸음을 더욱 무겁게 했다.

하지만 신타로는 숨을 가쁘게 헐떡이고 있으면서도 끝내

걸음을 멈추지 않았다.

"도망쳐야 해!"

그는 자신과 함께 던전에 들어온 동료들이 모두 몬스터에게 죽은 것을 지켜보며 혼자라도 살기 위해 도망을 치는 중이었다.

5등급 헌터, 레벨로는 46레벨인 신타로는 한국이나 중국 등의 다른 나라의 헌터와 비교하면, 이제 겨우 중급의 헌터를 벗어났다고 할 수 있는 헌터에 불과했다.

하지만 일본 내에서는 100위권 내에 들어가는 고위 헌터였다.

겨우 46레벨로 그 정도 순위에 들어가는 것은 말도 되지 않은 일이었지만, 이 모든 것은 비와호에 나타난 괴수인 야마타노 오로치를 퇴치하는데 실패한 탓이었다.

능력이 되지 않으면 처음부터 외부에 도움을 요청해야 했음에도 불구하고, 일본 정부와 헌터 협회는 그놈의 체면 때문에 그러지 않았다.

가까운 한국에 재앙급 몬스터를 퇴치한 헌터 길드가 있음에도 자력으로 해결을 하려다가 자국의 고위 헌터들을 몬스터의 먹이로 던져 주는 결과만 만들어 냈다.

그 때문에 일본에 있던 수많은 고위 헌터들이 야마타노 오로치에게 목숨을 잃었고, 헌터들을 잡아먹고 성장한 놈으로 인해 더 많은 일본의 헌터들이 희생되었다.

그렇게 순차적으로 야마타노 오로치에게 각개격파를 당하다 보니, 일본에 남아 있는 고위 헌터는 어느 순간부터 아무도 없게 되었다.

이는 헌터가 조금만 강해지면 이들을 모아 야마타노 오로치를 퇴치하자는 안건을 올리는 일본의 정치인들과 그들의 하수인인 일본 헌터 협회 때문이었다.

그렇게 수많은 일본의 고위 헌터가 희생당하게 되자, 일본에 있는 헌터들은 더 이상 몬스터를 잡으려 하지 않았고, 자연스럽게 등급을 올리고 레벨을 올리는 것도 멈춰 버렸다.

등급이나 레벨을 올려봐야 또다시 정부와 협회에 불려가 야마타노 오로치를 퇴치하라는 말도 되지 않는 명령을 들어야 하기 때문이었다.

저들은 그저 책상 앞에서 펜대나 굴리며 명령하면 끝나지만, 헌터는 아니었다.

위험 등급이 높은 몬스터를 레이드할 때는 물론이고, 위험 등급이 낮은 몬스터를 사냥할 때조차 헌터들은 언제나 자신이 죽을 수도 있다는 생각을 끼고 살았다.

그렇기 때문에 몬스터 사냥을 갈 때면 오래전 고대 전국시대의 무사들이 전장에 나가듯 비장한 각오를 하고 사냥에 나섰다.

그럼에도 일본 정부나 헌터 협회의 고위직들은 이런 헌터들의 희생이나 고충 따위는 아랑곳하지 않았다.

그러한 태도에 지친 일본의 헌터들은 더 이상 몬스터 사냥을 하지 않기로 결심한 것이었다.

그러자 일본은 난리가 났다.

차원 게이트가 나타나고, 게이트 브레이크가 발생해도 그것을 막을 헌터가 없어지니 당연한 일이었다.

일본 정부는 급기야 한때는 원수처럼 생각하던 한국 정부에 손을 내밀었다.

다른 나라에 아무리 연락해 봐도 그 어느 국가도 일본의 지원 요청을 들어주지 않았기 때문이다.

하지만 그 나라들도 할 말은 있었다.

일본이 아무리 급하다고 요청해 봐야 자신들도 수시로 생기는 차원 게이트와 게이트 브레이크로 인해 출현하는 몬스터를 막기 위해 헌터들을 외부로 돌릴 여력이 없었다.

그에 반해 한국은 좁은 국토에 비해 인구 밀도가 높고, 헌터들의 질 또한 아주 높았다.

그래서 그런지 한국은 오래전부터 많은 헌터 개인과 헌터 길드들이 외국으로 몬스터 사냥 원정을 가는 일이 많았다.

한국의 헌터들이 이렇게 다른 나라와 다르게 외부 활동을 하는 사례가 많은 이유가 있었다.

대격변 이후, 몬스터는 모든 것이 돈이 되었고, 그러한 몬스터를 잡으면 개인이 강해질 수 있었다.

그렇게 반드시 게이트를 소멸시켜야만 했는데, 이 좁은 땅에서는 그것이 말처럼 쉽지가 않았다.

왜냐하면 게이트 브레이크가 발생하기 전, 차원 게이트에 난입하여 게이트를 소멸시키기 위한 경쟁이 너무나 심하기 때문이었다.

하여 몇몇 대형 길드 같은 경우에는 정부와 손을 잡고, 일정 지역에서 발생하는 차원 게이트에 대한 소유권을 가지게 되었다.

문제는 땅이 좁은 탓에 게이트 품귀 현상까지 생겼다는 점이었다.

그리하여 실력은 있지만, 규모가 작은 길드를 중심으로 하여 한국 헌터들의 외부 활동은 더욱 활발해졌다.

한데 한국 정부 또한 이러한 헌터들의 외부 활동에 대해 별다른 제재를 가하지 않았다.

그 이유는 헌터들이 외국에서 돈을 벌어오는 것이 정부로서는 더욱 이득이 되기 때문이었다.

외교적으로나 세수 확보로나 차원에서 이보다 좋을 수가 없었다.

그렇지만 일본의 경우 정말 막다른 벼랑 끝에 몰려서야 한국의 성신 길드에게 야마타노 오로치 퇴치 의뢰를 맡겼다.

괜히 한국 정부에 부탁하다가는 그동안 한국에 했던 자신들의 잘못으로 인해 어떤 일을 해야 할지 모르기 때문에 잔머리를 굴려 헌터 길드에 의뢰한 것이었다.

그리고 그 일은 일본 정부의 의도대로 진행이 되었다.

한국의 성신 길드를 끌어들인 일본은 야마타노 오로치의 퇴치는 물론이고, 각종 혜택을 주어 성신 길드를 일본에 안착시키는 것까지 성공하였다.

물론 성신 길드가 일본으로 귀화한 것은 아니지만, 일본에 자리 잡은 성신 길드로 인해 일본은 상당한 골칫거리를 해결할 수 있었다.

그러고 나자 헌터 전력이 한없이 떨어진 일본은 성신 길드의 도움을 받아 조금씩 회복하고 있었다.

일본 정부는 자질이 우수한 헌터들을 선발해 성신 길드에 위탁하여 헌터를 양성했는데, 그중 하나가 지금 몬스터에 쫓겨 도망치고 있는 신타로다.

물론 그의 동료들도 국비를 받고 성신 길드에 위탁 교육을 받은 헌터들이었지만, 오늘 들어온 던전은 기존에 알려진 던전과는 너무나 달랐다.

지금까지 한 번도 본적이 없는 형태의 몬스터들이 나타나 순식간에 동료들을 죽였다.

아니, 신타로는 동료들이 죽었는지 살았는지 알지 못했다.

처음 보는 형태의 몬스터를 본 신타로는 불길한 예감에

동료들을 놔두고 몰래 도망쳤기 때문이다.

다만, 뒤에 남겨진 동료들의 비명 소리를 들어 그는 동료가 죽었다고 생각했다.

찰방, 찰방, 찰방.

한참을 달린 신타로는 목까지 올라온 숨을 고르기 위해 발걸음을 멈췄다.

휘이잉―

적막한 동굴 안에도 공기가 통하는지, 작은 바람 소리가 그의 귓가를 맴돌았다.

"아무도 따라오지 않겠지?"

걸음을 멈추고 귀를 기울여 봤지만 들리는 것은 그저 스산하게 울리는 바람 소리뿐이었다.

"후우~"

아무도 자신을 따라오지 않는다는 안도감에 자신도 모르게 한숨을 쉬었다.

[크크크, 제물이 직접 제단으로 찾아오다니, 참으로 재밌는 광경이야.]

신타로가 잠시 걸음을 멈추고 숨을 고르고 있는데, 어디선가 자신에게 말을 걸어왔다.

"헛! 뭐, 뭐야!"

갑자기 들린 목소리에 신타로는 너무나 놀라 소리쳤다.

저벅저벅.

"으으으으!"

느닷없는 발자국 소리에 신타로는 다리에 힘이 풀려 그만 제자리에 주저앉고 말았다.

저벅저벅.

발자국 소리는 시간이 지날수록 신타로와 가까워졌다.

"어?"

그러다 신타로는 모퉁이에서 빠져나온 발자국 소리의 주인을 확인하고는 깜짝 놀랐다.

그도 그럴 것이, 모습을 보인 이들의 정체는 바로 자신과 함께 던전으로 들어온 동료들이었기 때문이다.

'분명 비명 소리가 들렸는데!'

도망을 치는 중에도 신타로는 분명 뒤에서 동료들의 비명을 들었다.

그런데 지금 보이는 그들의 모습은 그 어디에도 전투를 벌인 흔적이 보지 않았고, 오히려 전투 전보다 더욱 깨끗해진 모습이었다.

때문에 이를 보는 신타로는 더욱 이상한 예감이 들어 불안해졌다.

"이상해, 이상해."

신타로가 그렇게 동료들의 모습을 보며 중얼거리는 동안 어둠을 헤치고 나온 동료 중 하나가 어딘가를 보며 말을 하였다.

"끝내지 않고 뭐 하고 있었어?"

"……?"

자신의 동료기 무슨 말을 히는지 알 수가 없던 신타로는 뒤로 물러나던 것도 멈추고 얼굴 가득 의문을 띄웠다.

[잠시 제물의 반응을 감상하고 있었다.]

그런데 어디에선가 다시 한번 머릿속을 울리는 듯한 목소리가 들려왔다.

'헉!'

저도 모르게 소름이 돋은 신타로는 속으로 신음을 흘렸다.

"시간이 없다. 천사 놈들이 신기를 가지고 움직였다."

[알았다. 그럼 일을 마무리 해 볼까?]

슈슈슈슈—

말이 끝나기 무섭게 어디선가 바람 빠지는 듯한 소리가 들렸다.

그러고는 동굴 벽에 기대어 있던 신타로의 머리 위로 검은 안개와 같은 것이 내려왔다.

"뭐, 뭐야!"

멍하니 있던 신타로의 몸에 있는 구멍이란 구멍으로 검은 안개와 같은 것이 침입하였다.

"아아아악!"

자신의 얼굴을 덮은 검은 안개에 놀라 신타로는 비명을

질렸다.

하지만 그것도 잠시, 비명을 지르던 신타로의 목소리는 점점 잦아들더니 어느 순간 사라져 버렸다.

척!

스윽!

고개를 숙이고 있던 야베 신타로가 고개를 들고 벽에 손을 짚으며 자리에서 일어났다.

그러고는 팔을 들어 주먹을 휘둘러보기도 하고, 또 발을 세차게 구르기도 하는 등의 모습을 보였다.

마치 처음 손발을 사용하는 사람마냥 자신의 손발을 움직여 보던 신타로가 작게 중얼거렸다.

"육체를 갖는다는 것이 이런 느낌인가?"

"어때? 숙주가 마음에 들어?"

"그럭저럭 쓸 만한 것 같다."

"그래? 나는 조금 불만인데. 이 몸은 가진 마력도 별 볼일 없고……."

신타로와 그의 동료들은 마치 자신들은 인간이 아닌 듯 대화를 주고받았다.

6. 미국으로

닫힌 커튼 틈 사이로 아침 햇살이 비집고 들어왔다.

"으음!"

삐그덕!

침대의 스프링이 눌리며 작은 소음이 들렸다.

이불 밖으로 나온 재식은 건장하고 강인한 육체를 고스란히 내보이며 기지개를 켰다.

"으윽!"

상당히 작은 소리였지만, 침대 안에 있던 또 다른 사람이 부스스 잠에서 깨어났다.

"자기, 일어났어?"

침대 안에는 바로 재식의 연인인 최수연이 있었다.

두 사람은 정식으로 연인이 되고 어느 순간부터 동거를 하기 시작했다.

재식과 수연의 부모님 모두 동거한다는 말을 처음 들었을 때 상당히 당황해하셨다.

하지만 젊은이들 중 결혼 전 동거부터 시작하는 이들이 많다는 점을 떠올리며 걱정스러운 표정으로 승낙하였다.

더욱이 두 사람의 직업이 직업이다 보니, 괜히 결혼을 한 뒤 누구 하나라도 잘못되기라도 한다면 서로에게 큰 상처가 될 것이 불 보듯 빤했다.

하여 자식을 걱정하는 부모의 입장에서 기왕이면 깨끗한 편이 좋다는 생각에 동거를 시작하고, 나중에 생활이 안정되어 가정이 필요하다고 판단 들 때 결혼식을 하는 것으로 결정을 보았다.

그 뒤로 종종 부모님들을 찾아뵈며 식사를 했지만, 요즘은 두 사람만의 시간이 많아졌다.

"미안, 깼어? 졸리면 더 자."

재식은 자신 때문에 수연이 잠을 설친 것 같아 미안한 마음에 그렇게 더 자라고 이야기를 하였다.

"아니야, 나도 그만 일어나야지."

"그래? 그럼 그렇게 해. 난 몸이 찌뿌둥해서 조금만 달리고 올게."

"알아서 해. 그럼 난 좀 씻고 아침 준비해 놓을게."

쪽.

재식은 아직 침대에 누워 있는 수연에게 다가가 가볍게 입을 맞추고는 밖으로 나섰다.

이들이 함께 동거를 하는 곳은 얼마 전 오픈한 엘리멘탈 리스트 아카데미 인근의 주택이었다.

혜산은 언체인 길드가 수복한 북한 지역 중 가장 먼저 개발된 지역이다 보니 많은 시설들이 들어서게 되었다.

아카데미가 건설되고 가장 먼저 지어진 곳은 아이들을 가르칠 교관과 헌터가 머물 숙소였다.

헌터가 머물 숙소의 경우에는 아직 몬스터가 모두 소탕된 것이 아니기 때문이었다.

한데 헌터는 교관과 다르게 여러 가지 것들이 필요하기에 뒤이어 이들이 이용할 상점 등이 빠르게 자리 잡는 한편, 이사장인 재식이 머물 사택도 함께 지어졌다.

그런데 수연은 연인과 너무 오랫동안, 그리고 멀리 떨어져 있고 싶지 않은 탓에 진지하게 재식과 얘기를 나눴다.

하여 결론 내린 것이 동거였다.

그 이후로 수연은 양쪽 부모님에게 허락을 받고 곧장 이곳으로 넘어온 것이었다.

비록 헌터 협회에 매일 출근하는 것이 좀 힘들기는 하지만, 언체인 길드는 헬기를 보유하고 있었다.

그것을 이용하면 서울에 있는 헌터 협회까지 한 시간 정도면 충분히 가고도 남기에 그리 나쁘지 않았다.

더욱이 숙소를 혜산으로 옮긴 뒤로, 맑은 공기와 풍부한 마력이 수연의 심신을 맑게 해 주어 서울에서 살 때보다 더 행복했다.

물론 수연을 가장 행복하게 하는 것은 그런 맑은 공기나 마력보단 사랑하는 사람과 함께 시간을 보낸다는 것이 가장 컸지만 말이다.

재식이 아침 운동을 위해 밖으로 나가자 수연도 그만 침대에서 나와 아침 시사를 준비하기 위해 움직이기 시작했다.

*　　　*　　　*

재식이 아침 운동을 마치고 돌아왔다.

그는 곧장 샤워를 하며 흘린 땀을 씻어 낸 뒤 수연과 식탁에 마주앉아 아침을 먹었다.

"자기 그런데 어제 무슨 생각을 그리 깊이 한 거야?"

수연은 어젯밤 일을 떠올리며 물었다.

헌터 협회에서 퇴근하고 집에 돌아왔더니, 재식은 불도 켜지 않은 서재에 앉아 무언가를 깊게 생각하고 있었다.

"응, 다름이 아니라……."

재식은 슈마리온과 주고받은 이야기를 수연에게 들려주었다.

물론 모든 걸 얘기하지는 않았다.

그중에서 몇 가지는 뺐지만, 그것만으로도 수연은 심각한 표정이 되었다.

그동안 차원 게이트가 나타나고, 또 게이트 브레이크로 출현하는 몬스터들을 아무런 생각 없이 그저 사냥하기 바빴다.

어떤 이유가 있는지는 모르겠지만, 일단 흉포한 존재들인 몬스터로부터 인간을 지킨다는 생각에 그렇게 해 왔다.

한데 지구에 신이 있고, 그 신이라는 존재가 인간을 억지로 진화시키기 위한 게 이유라니.

그것도 다른 차원의 존재를 불러서 말이다.

그 모든 것을 알게 된 수연은 긴장할 수밖에 없었다.

그녀는 단 한 번도 신에 대해 생각을 해 보지 않았다.

아니, 몬스터로 인해 많은 사람들이 고통받을 때와 자신이 힘이 없을 때는 종종 신을 찾기도 했다.

하지만 그것이 전적으로 신을 믿기에 그런 것이 아닌, 막연히 절대자에 대한 막연한 기대 혹은 넋두리 정도일 뿐이었다.

그런데 재식의 이야기를 듣고는 두려움이 몰려오는 한편, 어처구니가 없었다.

잘 살고 있는 인간들에게 무엇 때문에 신이 그런 일을 벌인 것인지, 이해가 가지 않았기 때문이다.

"아무리 진화를 위해서라지만 왜? 무엇 때문에!?"

재식에게 진실의 편린을 들은 순간부터 점차 화가 나기 시작했다.

"진정해. 우리 인간들의 판단으로 신을 이해할 수는 없을 거야."

이계의 상당한 고등 생명체 유전자를 흡수하면서 인간 말고도 더 뛰어난 지능을 가진 존재들이 많다는 것을 재식은 알고 있었다.

그렇기에 다른 인간들보다는 사고가 유연해 수연에게 지금과 같은 말을 할 수 있는 것이었다.

하지만 연인인 재식의 만류에도 불구하고, 수연의 흥분은 쉽게 가라앉지 않았다.

"아직 들려줄 이야기가 더 있으니까, 그만 화를 가라앉히고 조금만 더 얘기를 들어 봐."

재식은 흥분하고 있는 수연의 관심을 다른 곳으로 유도하기 위해 이야기를 시작했다.

"몬스터들이 온 차원은 칸트라 차원이라고 해. 이 이야기는 전에 내가 들려줬지?"

재작년 고블린에게 붙잡혀 생체 실험을 당하다 수연에게 구원받을 때의 얘기였다.

당시 재식은 정신을 차린 뒤 그녀와 몇 가지 이야기를 나눴다.

그중 재식은 홉 고블린이던 챠콥의 기억 일부를 넘겨받은 것이 있어 그 이야기도 조금 수연에게 들려주었다.

이후에도 재식은 홉 고블린 챠콥으로부터 받은 기억 속에서 흑마법을 배운 것과 그러한 이능을 이용해 아티팩트를 만들어 선물하며 한 이야기였다.

"이들이 사는 세상은 몇몇 판타지 소설에 있는 설정과 매우 흡사한 구조를 가지고 있어."

재식은 차근차근 자신이 알고 있는 칸트라 차원과 그들의 삶에 대해 설명하였다.

그러면서 인간이 멸종하고 신들이 사라진 칸트라 차원이 어떻게 변했고, 무엇 때문에 지구로 몬스터들을 보내는 것인지 이야기를 들려주었다.

"아! 그럼 아이들이 각성한 것도 그럼⋯⋯."

수연은 이야기를 듣고 재식이 설립한 아카데미에 있는 아이들이 각성한 것이 무엇이고, 또 무엇 때문에 그들을 키우려는 것인지 깨달았다.

"자연의 질서를 유지하는 정령은 그렇지 않지만, 신들의 메신저라 불리는 천족은⋯⋯."

재식은 지구인들이 생각하는 천사와 칸트라 차원에 있는 천족의 차이점을 설명해 주었다.

"비록 다른 중간계의 존재나 마족보다는 인간에게 덜 위험해 보이지만, 완전히 신뢰할 수 있는 존재들은 아니라고 봐."

"그래도 적의 적은 친구라고 하잖아. 대화를 통해 우리 편으로 만들 수는 없는 거야?"

수연은 잠시 고개를 갸웃거리며 자신의 생각을 이야기하였다.

"음… 적의 적은 친구라는 말은 지금 상황에서는 아니지 않을까?"

재식은 수연이 한 얘기를 듣고 잠시 생각에 빠져 있다가 이내 고개를 흔들며 답했다.

"왜?"

"내 개인적인 편견일지도 모르지만, 그 말이 성립하려면 같은 인간이어야 한다고 생각해."

"같은 인간?"

"응. 인간조차도 친구라 말하면서도 이익을 따지는데, 천족은 종족도 다르잖아. 게다가 그들은 인간들을 자신들보다 격이 낮은 존재라 생각하고 있어. 당장은 알겠다고 할지 몰라도, 그들이 진정 우리 인류를 동맹이라 인정할까?"

"아!"

수연은 재식의 설명을 듣고 고개를 끄덕일 수밖에 없었다.

욕심 때문에 손을 잡다가도 얼굴을 붉히며 원수가 되는 경우가 인간에게도 많이 있었다.

그런데 처음부터 인간을 자신들과 동격이 아닌 아래로 보는 존재와 어떻게 동등한 동맹을 맺을 수 있겠는가? 이는 인간 사회에서도 통용되지 않는 이야기였다.

강대국과 약소국이 연합을 한다고 해도 두 국가가 동등한 입장인 것은 아니다.

그러니 재식은 조금 전 자신의 말처럼 칸트라 차원의 천사들이 마계의 존재나 중간계의 존재와 적대적인 관계라 해도 이뤄지기 힘들 것이라 생각했다.

지구의 인류와 동등한 입장에서 동맹을 맺을 것이란 판단은 차후 어떠한 화를 불러올지 아무도 모를 일이었다.

"맞아. 그건 내가 잘못 생각한 거 같아."

"그건 아니야. 아직은 모르는 일이고, 현재로서는 모든 관점을 열어 놓고 대비를 해야 할 때라고 봐. 그러니 누나도 김중배 협회장님과 얘기 좀 하면서 내 의견을 전달해 줘."

"알았어."

"참, 그리고 조만간 길드원들과 함께 미국 좀 다녀올까 해."

"미국?"

이야기를 다 마친 줄 알았는데, 느닷없이 미국에 다녀오

겠다는 재식의 말에 수연은 눈을 동그랗게 뜨며 물었다.

더욱이 혼자 미국에 가는 것도 아니고, 한창 확보한 지역에서 몬스터 잔당들을 소탕하고 있는 길드원들과 함께 간다니.

"설마 뉴스 때문에 그런 거야?"

수연은 연일 계속되고 있는 미국과 멕시코 국경 지역에서 발생한 몬스터 웨이브를 떠올리며 물었다.

"응. 그거 때문에 조금 신경 쓰여서."

재식은 담담하게 미국에 다녀온다는 말을 하였지만, 이를 듣고 있는 수연은 조금 전 들은 이야기가 있어 그걸 가볍게 받아들일 수가 없었다.

"설마 지금 미국에서 벌어지고 있는 일이 조금 전 한 이야기와 연관이 있는 거야?"

수연은 아니길 바라며 물었다.

하지만 재식의 대답은 그 설마를 사실로 받아들일 수밖에 없게 만들었다.

"맞아. 얼마 전 유럽에서 발생한 천사 강림도 비슷한 시기에 일어났잖아."

재식은 그리스에서 일어난 천사 강림 사건에 대해 언급했다.

"조금 전 내가 말했지. 칸트라 차원의 절대자들과 지구의 신이 계약하고, 그들을 지구로 불러들이는 방법이 바로 차원 게이트라고."

"응, 말했어."

"그런데 지금까지 차원 게이트가 여럿 있었지만, 한 지역에 그렇게 많은 차원 게이트가 발생한 것은 이번이 처음이야."

"맞아. 그것 때문에 협회에서도 관심을 가지고 주시하고 있더라고."

수연은 미국 텍사스와 멕시코 타마울리파스 주의 경계를 잇는 리오그란데 강에 나타난 열 개의 차원 게이트로 당사국들인 미국과 멕시코는 물론이고, 전 세계의 여러 국가들도 이를 예의 주시하고 있었다.

그도 그럴 것이, 한 번 그런 일이 있으니 자신들에게도 일어날 수 있다고 판단하기에 진행의 귀추를 지켜보는 것이다.

이러한 게이트 브레이크가 자국에 발생하였을 때, 대처가 되어 있지 않으면 큰 피해가 발생할 수도 있었다.

한데 돌발 상황이 발생하지 않을 수도 있었고, 게이트 브레이크가 한꺼번에 발생한다 하더라도 그 안에서 위험 등급이 낮은 몬스터들만 잔뜩 몰려나올 수도 있었다.

그렇게만 된다면 큰 어려움 없이 막아 낼 수 있기에 이를 관찰하기 위해 지켜보았다.

하지만 결과는 최악.

차원 게이트는 열 개가 거의 비슷한 시각에 연쇄반응을 일으키며 브레이크가 발생했다.

더 최악은 그 안에서 기대하던 최하급 몬스터가 아닌, 무려 5등급 이상의 몬스터들이 잔뜩 나타난 것이다.

그런데 이를 지켜보던 관계자들을 더욱 절망으로 떨어뜨린 것은 따로 있었다.

한꺼번에 튀어나온 몬스터들이 어째서인지 너무나 조직적으로 움직이기 때문이었다.

마치 훈련된 군대가 전술을 짜고 공격을 하듯, 강한 몬스터의 지휘를 받으며 체계적으로 진격해 왔다.

멕시코의 도시인 레이노사를 초토화시킨 몬스터들은 이번에는 방향을 바꿔 리오그란데 강을 건너 미국의 텍사스로 넘어갔다.

이에 미국은 철저한 준비로 몬스터들이 리오그란데 강을 넘어오는 것을 지켜보다 강어귀에 묻어 두었던 폭탄을 터뜨렸다.

그때까지만 해도 미국의 작전이 통할 것이라 생각했다.

그럴 수밖에 없는 것이, 미국이 터뜨린 폭탄은 그냥 일반적인 TNT폭탄이 아닌 한 번 불이 붙으면 다 연소가 될 때까지 절대 꺼지지 않는 백린이 포함된 네이팜탄이었다.

그것은 여러 국가에서 대몬스터 병기로 사용되어 혁혁한 전과를 올리는 무기였다.

다른 무기들은 몬스터를 상대로 그리 효과적이지 못하는데 반해 이 네이팜탄이나 백린탄 같은 종류의 무기는 상당한 효과를 보았다.

비록 국가 간의 전쟁에는 아직 금지된 병기이지만, 대몬스터 병기로 사용하는 것은 부분적으로 허용하고 있었다.

한데 이러한 무기를 사용함에도 불구하고, 결과는 썩 좋지 못했다.

아니, 오히려 상황이 더욱 나빠지기까지 했다.

그도 그럴 것이, 5등급 이상의 몬스터는 그 미만의 몬스터에 비해 가죽도 두꺼우며, 생명력 또한 그 아래 등급의 몬스터에 비해 몇 배는 더 질겼다.

그러다 보니 몬스터들은 네이팜탄의 불꽃을 뒤집어 썼음에도 불구하고, 죽기는커녕 더욱 미쳐 날뛰었다.

이 때문에 방어선을 준비하던 헌터들이 오히려 전선을 물리면서 진형만 흐트러졌다.

그나마 다행인 것은 많은 실전을 겪은 미군이다 보니, 얼마 지나지 않아 바로 자신들의 실수를 만회하는 성과를 보였다.

바로 불이 붙어 미쳐 날뛰는 몬스터들의 머리 위에 차가운 액화 질소를 부어버린 것.

이로 인해 몬스터는 급격히 뜨거워졌다가 다시 급격히 차가워지면서, 단단하고 질긴 가죽이나 갑각이 깨지고 터져 버렸다.

그러한 과정에서 여러 몬스터들이 급격한 변화를 견디지 못하고 죽어 버리기도 했다.

그 모습을 보고 미군의 지휘부는 환호성을 질렀다.

하지만 그럼에도 불구하고, 많은 몬스터들이 그런 변화 속에서도 살아남아 진격을 하였다.

게이트 브레이크로 게이트를 빠져나온 몬스터는 그게 다가 아니었다.

그렇게 한 차례 몬스터 웨이브가 발생하고 또 여섯 시간이 흐른 뒤, 또다시 게이트에서 몬스터들이 뛰쳐나온 것이다.

지금까지 이런 일은 세계에서도 보고된 적이 없었다.

한 번 게이트 브레이크가 발생하면 그 안에 있던 몬스터들이 일제히 뛰쳐나온다.

그리하여 단 한 번의 전투로 몬스터의 전멸이냐, 헌터의 전멸이냐로 나뉘기 일쑤였다.

한데 이번 리오그란데 강에 발생한 차원 게이트들은 이전과는 다르게 또다시 몬스터는 토해 낸 것이다.

이 때문에 재식은 그것이 단순한 차원 게이트가 아니라 마법의 생명체라 일컬어지는 용족의 왕, 앙칼리우로스가 무언가 수작을 부린 것이라 생각했다.

그렇지 않고서야 그러한 기현상이 벌어질 이유가 없기 때문이었다.

슈마리온에게 듣기로 지금까지 차원 게이트는 천계의 천사들과 정령인 자신들이 담당하고 있다고 했다.

그러하기에 지구의 신과 계약한 대로 약속된 양만 지구로 보냈다는 것이다.

그러한 약속이 깨어졌으니, 칸트라 차원의 세 지배자들이 무언가 수작을 부리기로 작정한 것이 분명했다.

*　　　*　　　*

율리시스 그렌트는 한국에서 날아온 전문에 심각한 표정을 하며 실내에 있는 사람들을 돌아보았다.

멕시코와의 국경인 리오그란데 강 인근에 나타난 차원 게이트에서 쏟아진 몬스터 웨이브에 대한 대책 회의를 하기 위해 모인 NSC[국가안전보장회의]의 위원들 모두가 대통령인 그를 쳐다보고 있었다.

"대통령님, 그가 도움을 주겠다고 하면, 웬만한 조건은 그냥 받아들이는 것이 좋을 것 같습니다."

대통령 보좌관인 이안 맥그리거가 대통령을 보며 자신의 의견을 이야기하였다.

"굳이 도움을 받지 않아도 위대한 미국의 용사들만으로 충분히 이번 일을 막아 낼 수 있습니다."

이안 맥그리거 보좌관이 한국 정부에서 도움을 주겠다고
한 것을 받아들이자고 하는 것에 반해, 고문으로 참여한 장
군들 중 하나는 그에 반대되는 의견을 내놓았다.

"물론 군인들과 헌터들이 충분히 막아 낼 수 있겠지만,
그렇게 되기까지 많은 시간이 듭니다. 또 그동안 미국인의
피해는 더욱 커질 것이 분명합니다."

분명 안전보장회의를 하게 되면 여러 의견이 나오고, 또
나온 의견에 대해 반대되는 내용이 나올 수는 있었다.

하지만 이 모든 과정은 조국의 안전을 보다 확실하게 하
기 위하여 진행되는 게 최우선이었다.

"무엇보다 시간은 절대 우리의 편이 아닙니다. 줄 것은
주고, 취할 것은 확실하게 취하는 것이 이득이라고 생각합
니다."

"맞습니다. 이번 몬스터 웨이브에 너무 많은 헌터들이 텍
사스에 집중되고 있어요."

그동안 조용히 있던 부통령 제레미 라이언즈가 조용히 대
답을 하였다.

현재 미국에서 활동하고 있는 등록된 헌터는 총 120만
명 가까이 되었다.

그중 무려 1할이나 되는 12만 명의 헌터가 텍사스에 몰
려 있는 것이다.

그런데 그렇게 많은 헌터들이 있음에도 리오그란데 강 유

역에서 발생한 몬스터 웨이브는 끝날 기미가 보이지 않았다.

그럴 수밖에 없는 것이, 리오그란데 강 차원 게이트에서 나온 몬스터의 숫자가 벌써 6만을 훌쩍 넘어 거의 10만에 이를 정도로 그 숫자가 불어났기 때문이다.

그리고 그 숫자는 아직도 늘어나고 있는 추세.

그 때문에 현재 미국 전역은 계엄령이 떨어진 상태이고, 미국과 방위조약을 맺고 있는 캐나다에 헌터의 파견을 요청한 상태였다.

그러한 상황에서 미국의 오랜 동맹인 한국에서 연락이 걸려온 것이다.

정부에서 실시한 국토 수복 계획 중 혁혁한 공을 세운 헌터 길드인 언체인 길드를 텍사스로 지원 보내 줄 수 있다는 내용이었다.

물론 그것은 공짜가 아니다.

몬스터에 대항하는 것이 인류 생존의 최대 과제라고는 하지만, 자국의 문제도 아니고 타국의 문제에 파견 가는 것은 그에 합당한 보상이 있어야만 했다.

그리고 대체로 그런 보상에는 파견된 헌터 길드의 실적을 인정하고, 그 부산물에 대한 세금 감면 혜택과 편의 시설 제공 등이 있다.

그런데 여기서 문제는 한국과 미국의 세금 제도가 너무나 다르다는 것이다.

한국의 경우 헌터들의 세력이 더 강한 편에 속해 몬스터 부산물에 대한 세금 징수가 20% 정도에 그쳤다.

반면 미국은 헌터에게 나름 많은 혜택을 주고는 있지만, 징수액 자체는 한국보다 높은 38%나 되었다.

그 때문에 미국의 입장에선 자국 내 몬스터 퇴치는 가급적이면 외부의 지원을 받지 않고 해결을 해 왔다.

하지만 이번 텍사스의 몬스터 웨이브는 미국 혼자만의 힘으로는 감당하기 벅찬 규모였다.

그래서 방위조약을 맺고 있는 캐나다에 지원 요청을 한 것이다.

캐나다야 미국과 세율의 거의 비슷하기에 가능하지만, 한국의 경우는 이를 받아들이기 참으로 난감하기에 NSC 위원들도 쉽게 대답을 하지 못한 채 있던 것이다.

"하지만 그렇게 된다면 세금 문제가……."

쾅!

"아니, 지금 그깟 세금이 문제라는 것입니까?"

NSC 위원 중 한 명인 국무 장관이 세금 문제를 언급하자, 제레미 라이언즈 부통령이 테이블을 강하게 치며 호통을 쳤다.

세금 문제는 무척이나 중요한 문제다.

하지만 지금 상황에서 몬스터 웨이브를 조기에 막지 못한다면, 다음 대선에 막대한 영향을 줄 수 있었다.

더욱이 몬스터를 잡아 거둬들이는 세금보다 몬스터 웨이브를 막지 못해 발생하는 피해액이 더욱 커질 수도 있었다.

이번 몬스터 웨이브는 기존의 것과는 차원이 달랐다.

기존의 몬스터 웨이브는 그 숫자가 많아 봐야 몇 만 마리 정도였다.

또 그 구성도 3등급 미만의 몬스터가 대부분이고, 그보다 높은 위험 등급의 몬스터는 100마리도 채 되지 않았다.

그런데 이번 몬스터 웨이브는 그 숫자에서부터 벌써 10만에 육박했고, 지금 진행되는 상황을 지켜보면 조만간 그 숫자조차도 넘어갈 것으로 보였다.

더군다나 몬스터 웨이브를 구성하는 몬스터의 등급은 무려 5등급 몬스터였으며, 그것들은 마치 훈련된 군인마냥 6등급 몬스터들의 명령을 따르고 있었다.

이전의 몬스터 웨이브가 몬스터 대 인간의 싸움이었다면, 지금 벌어지고 있는 일은 몬스터의 탈을 쓴 군인과 인간의 전쟁이었다.

그러한 때 어떻게 될지도 모르는 상태에서 나중에 벌어들일 세금에 대한 문제를 논의한다는 것은 웃긴 노릇이었다.

"그런 문제는 모든 것이 끝난 뒤 고민을 해도 되는 일 아닌가?"

"음……."

제임스 고든 국무 장관은 라이언즈 부통령의 말에 낮게 신음을 하였다.

물론 그도 나중에 있을 대선을 생각하면 부통령의 말에 공감이 가지만, 국가의 국무를 담당하는 자신은 다른 문제도 생각을 해야만 했다.

최소 5등급 몬스터들이다.

그것에서 나올 마정석과 몬스터 부산물의 가치를 생각하면, 18%나 되는 차액은 엄청난 금액이었다.

자국의 헌터들과 비교하면 무려 두 배에 가까운 수익의 차이를 보였다.

"한국이 파견한다는 헌터 길드가 국토 수복 과정에서 혁혁한 공을 세웠다고 하지만, 그들의 숫자는 겨우 100여 명에 지나지 않는다고 했네."

표정이 심각하게 굳은 국무 장관의 얼굴을 본 라이언즈 부통령은 말투를 조금 누그러뜨리며 그를 설득하기 시작했다.

라이언즈 부통령의 말의 요지는 도움을 주기 위해 오는 것을 굳이 막지 말자는 것이다.

비록 그들이 가져갈 부산물의 세금 문제가 걸린다고 하지만, 겨우 100여 명이 부산물을 가져가 봐야 얼마나 가져가겠냐는 말이었다.

이런 부통령의 말을 제임스 고든도 어느 정도는 이해할

수 있었다.

'그렇긴 하지.'

한국과 미국의 세금 차이만 생각했지, 한국에서 파견 오는 헌터들의 숫자가 얼마인지 생각지 않은 것이다.

이는 보통 지원을 오는 헌터의 규모가 수백 단위이기 때문이었다.

"알겠습니다."

"좋아. 그럼 한국에서 오는 지원을 그대로 수용하기로 하고, 어디로 보내는 것이 좋겠는가?"

그렌트 대통령은 어느 정도 의견이 모이자, 그들을 어디로 보낼 것인지 물었다.

"이왕 받아들인 것인데 가장 몬스터가 밀집된 곳으로 보내지요."

"겨우 백여 명뿐이 되지 않는 헌터들을?"

"숫자가 적기는 하지만 그들의 수장은 재앙급 몬스터를 두 마리나 사냥한 S급 헌터입니다."

"아, 그렇지 그가 함께한다고 했지."

처음 한국에서 파견되는 헌터들에 대한 조건에 대해 갑론을박하던 것과 다르게 분위기가 좋아졌다.

파견되는 헌터 중 S급 헌터, 그것도 재앙급 몬스터를 사냥한 헌터가 포함이 되었다는 건 그만큼이나 큰일이기 때문이었다.

실내에 있던 NSC 위원들은 물론이고, 고문으로 참여하게 된 사람들까지 표정들이 밝아졌다.

"그렇다면 그게 좋겠군. 숫사는 적어도 확실히 도움이 되겠어."

그렌트 대통령은 고개를 끄덕이며 만족한 표정을 지었다.

*   *   *

"자기, 꼭 가야만 해?"

수연은 서울 비행장에 마련된 특별기에 오르기 위해 대기하고 있는 재식에게 물었다.

"응, 말했잖아. 지금보다 더 강해지기 위해선 많은 몬스터의 표본이 필요해."

재식은 자신을 안타깝게 쳐다보는 수연을 바라보며 담담하게 대답하였다.

"하지만… 지금 미국에 나타난 몬스터들은 그리 강한 것도 아니라던데."

다른 사람들에게야 5등급 6등급의 몬스터가 아주 위험한 몬스터이지만, 재식에게는 사실 별로 위험한 몬스터가 아니었다.

그러니 수연이 하는 말은 재식이 힘을 키우는 데는 별로 도움이 되지 않는다는 뜻이었다.

하지만 재식은 그렇게 생각하지 않았다.

비록 자신보다 약한 몬스터라 하지만, 그들의 유전자 정보를 획득한다면 조금이나마 어딘가에는 도움이 될 것이라 판단을 하였다.

지금까지처럼 몬스터의 유전자로 마치 각성한 것처럼 능력이 빠르게 오르지 않을 것이라는 건 재식도 알고 있었다.

하지만 아주 약간이라도 능력이 향상된다면, 그것만으로 엄청난 성과라 생각했다.

그도 그럴 것이, 이제 재식의 능력은 너무나도 상승해 있기 때문이었다.

같은 1%라도 다른 헌터와 재식의 차이는 그만큼 컸다.

그러니 조금이라도 도움이 된다고 판단되면, 재식은 행동에 옮기기로 생각하고 있었다.

새로운 적을 인식했고, 기회가 있을 때 얻어야만 했다.

그리고 그때가 바로 지금이었다.

더욱이 이번 몬스터 웨이브는 자신이 물리쳐야 할 적 중 하나인 흑룡왕이 벌인 일.

비록 확실한 증거는 없었지만, 차원 게이트에서 쏟아져 나온 몬스터의 종류를 보며 누구인지 짐작할 수는 있었다.

그리고 이전까지의 흑룡왕의 행보를 보아 5, 6등급의 몬스터로 끝날 것 같지는 않았다.

아마 조만간 재앙급으로 분류가 되는 7등급, 그중에서도 보스 몬스터가 나올 것이라 확신했다.

어쩌면 지금까지 나온 재앙급 몬스터 이상의 괴물이 나타날지도 모른다는 생각에 재식은 한시가 급했다.

그런 몬스터가 나타나기 전에 최대한 지금 게이트 밖으로 빠져나온 몬스터의 숫자를 줄여 놓아야 할 것 같았기 때문이다.

만약 그런 재앙급 이상의 괴물이 나왔을 때, 지금의 몬스터들이 보조를 맞춘다면 끔찍한 일이 일어날 것이었다.

아무리 자신이 강력한 힘을 가지고 정령들의 도움을 받는다고 해도 상대하는 것이 쉽지 않을 것이 분명했기 때문이다.

그러니 한시라도 빨리 미국에 들어가야만 했다.

"생각 같아서는 우리도 함께 가고 싶은데, 국내에도 쌓인 일이 많으니……."

원칙적으로 이런 식의 파견은 헌터 길드가 나서기보단 헌터 협회 직할팀인 팀 유니콘이나 또 다른 헌터 전대인 비스트 코어가 나섰다.

하지만 현재 이들은 옛 북한 지역이 수복되면서 국내의 업무를 보는 데도 정신이 없었다.

그러한 때 미국에서 동맹국들에게 지원 요청을 하자, 한국은 참으로 난감했다.

아들의 사고를 덮기 위해 시작한 국토 수복 계획이 얼떨

결에 성공을 거두는 바람에 할 일이 많아져 버렸다.

아니, 정부와 이면 계약한 대형 헌터 길드들이 북한 지역을 많이 수복했더라면, 상황은 조금 달랐을 지도 모른다.

하나 예상과 다르게 언체인 길드와 손을 잡은 헌터 협회가 가장 많은 땅을 수복하면서 정부의 계획이 어그러졌다.

그에 반해 헌터 협회는 자립의 기반을 만들게 되었고, 그렇게 일이 많아지게 되면서 미국에 지원하는 것에 문제가 발생한 것이었다.

한데 그러한 상황에서 재식이 나섰다.

칸트라 차원의 흑룡왕이 한 것으로 보이는 사건에 재식은 헌터 협회를 통해 자신의 생각을 전달했다.

헌터 협회가 일이 많아 헌터를 파견하지 못하니, 자신이 직접 길드원과 함께 미국에 지원을 가겠다는 것이다.

그걸 들은 한국 정부는 한창 고민을 하던 중이었기에 재식이 나서자 얼른 손을 잡았다.

예전만은 못하지만 어쨌든 미국은 한국의 입장에서 든든한 우방이었다.

그러니 미국에 체면을 지킬 수 있게 되자, 이렇게 재식과 언체인 길드가 타고 갈 수송기까지 지원을 하게 된 것이다.

"너무 걱정하지 마. 내가 강한 거 알잖아."

"알아. 자기가 얼마나 강한지, 하지만 걱정되는 걸 어떡해… 헛!"

자신을 걱정하는 수연의 마음을 알기에 재식은 다른 말을 하기보단 그런 수연의 입술에 기습적으로 키스했다.

백 마디 말보다 더 그녀를 안심시킬 수 있는 행동이 바로 그것이라 생각했다.

"나뿐만 아니라 언체인 길드원들도 그 누구보다 강해졌어."

재식은 자신과 조금 떨어진 곳에서 가족이나 지인들과 작별 인사를 나누고 있는 길드원들을 보며 그렇게 말을 하였다.

그들 모두가 언체인 길드가 처음 창설되고 가입했을 때보다, 그리고 국토 수복을 하기 위해 북한 지역에 첫발을 딛을 때보다 훨씬 더 강해진 상태였다.

특히나 재식에게 마력진을 이식받은 헌터들은 동급의 헌터보다 몇 배는 강하고, 오래 전투를 할 수 있게 되었다.

게다가 그 덕분에 길드에서 지원을 해 주는 각종 아티팩트를 보다 효과적으로 사용할 수 있게 되었다.

현재 재식과 함께 미국으로 가는 언체인 길드의 헌터들 개개인의 능력은 5등급 몬스터 정도는 이젠 혼자서도 사냥이 가능할 정도가 되었다.

두 명이 모이면 5등급 엘리트 몬스터 잡을 수 있다.

또한 세 명이 모이면 5등급 보스 몬스터나 6등급 몬스터도 사냥할 정도의 능력을 갖췄다.

그리고 열두 명의 파티 정원이 모두 갖춰지게 되면, 재해급 몬스터인 6등급 보스 몬스터를 상대로 버틸 수 있었다.

거기에 세 개의 파티를 합쳐, 하나의 공대가 완성되면 6등급 보스 몬스터도 사냥할 수 있게 되었다.

이 모든 것은 재식의 안보였다.

그는 앞으로 인류가 상대해야 할 적들이 얼마나 강한지 알게 되었다.

그때부터 자신뿐만 아니라 자신의 길드원들도 꾸준히 업그레이드하였기에 가능한 일이었다.

이러한 구성에 이후 각성 헌터들을 포함하고, 또 몇 년 뒤에 아카데미에서 성장한 정령사들이 제대로 된 헌터가 되어 합류할 것이다.

그때의 시너지를 생각하면 아무리 적들의 세가 강력하다고 해도 충분히 상대할 수 있을 것이란 예상을 할 수 있었다.

그렇게 전력이 갖춰진 상태에서 자신이 침략자들의 꼭대기에 있는 강력한 존재들만 막아 낼 수만 있다면, 인류에게 더는 불행한 일이 벌어지지 않을 것이었다.

그러기 위해서라도 오늘 미국으로 가야만 했다.

"그럼 다녀올게."

재식은 출발 시간이 되자 안타까운 눈빛으로 자신을 쳐다보는 수연을 조용히 안아 주며 작별 인사를 건넸다.

"조심히 다녀와."

"그래. 자기도 조심하고. 혹시라도 무슨 일이 생기면, 길드 본부에 있는 내 사무실 금고에 있는 것을 사용해 알았지?"

혹시나 비상 상황이 발생했을 때를 대비해 준비해 둔 물건들이 있었다.

자신이 만들 수 있는 최상급 아티팩트에서부터 상급의 포션까지, 다양한 물건들을 만들어 자신의 금고에 보관하고 있었다.

한데 미국으로 파견 가 있는 동안 그녀에게 혹여나 무슨 일이 발생할까 걱정돼 그것을 열 수 있는 방법을 알려 준 상태였다.

"알았어. 위험하면 꼭 사용할 테니까 걱정 마."

그렇게 수연과 재식은 마지막 키스를 하고 작별을 하였다.

물론 미국에서 몬스터 웨이브를 막아 낸 뒤 다시 돌아올 것이지만, 수연은 현재 미국에서 벌어지고 있는 일이 결코 가볍게 생각할 문제가 아니란 것을 알고 있었다.

그러니 보니 미국으로 가는 수송기에 오르는 재식과 언체인 길드의 길드원들을 보며 괜한 불안감이 들었다.

분명 재식은 그녀가 알고 있는 헌터 중 가장 강한 사람이었다.

이전에는 자신이 속한 팀 유니콘 전단의 수장인 뇌신 김현성을 가장 강하다 생각했다.

하지만 재식과 함께하면서 재식의 강함을 직접 옆에서 지켜보았기에 재식이 얼마나 강한지 누구보다 잘 알고 있었다.

그럼에도 수연은 불안했다.

재식으로부터 인류가 상대해야 할 적이 어떤 존재인지 들었기 때문이다.

7. 재식과 언체인 길드의 활약

휴스턴.

미국 텍사스 주의 남동부에 있는 항구도시로, 한때 석유가 발견되어 급속히 발전한 도시였다.

하지만 대격변 이후 마정석이란 새로운 에너지원이 발견되면서 석유 시추는 사양산업이 되어 버렸다.

그 탓에 이제는 휴스턴하면 떠오르는 것이 미국항공우주국[NASA]뿐이 남지 않은 그런 도시다.

한데 이번에 새롭게 한 가지를 더 떠올릴 만한 사건이 터졌다.

바로 리오그란데 강에서 발현한 몬스터 웨이브로 인해 위기에 처한 도시 중 하나가 된 것이었다.

때문에 현재 휴스턴으로 수많은 헌터와 군대가 몰려들고 있었다.

저벅저벅.

휴스턴 남동부 외각 슈거랜드에는 평소에 보기 힘든 동양인들이 어디론가 몰려가고 있었다.

이런 모습을 좀처럼 보지 못한 백인과 흑인 등의 미국인들은 하던 일을 멈추고 이들을 쳐다보기 바빴다.

개중에는 괜히 이들에게 시비를 걸려는 것인지 가는 길을 떡하니 막아서는 이들도 있었는데, 아무리 주변이 제 홈그라운드라고 해도 100여 명에 이르는 커다란 덩치의 동양인들의 시선을 한 몸에 받고 버티는 것은 쉽지 않아 금방 물러섰다.

"저 아시안들은 어디서 온 거야?"

아시아 국가 사람들을 무시하는 듯한 목소리로 뒤에서 그들끼리 수군거리는 소리가 들려왔지만, 어느 누구도 가던 길을 멈추고 돌아보는 이들이 없었다.

마치 어디서 개가 짖느냐는 듯이 말이다.

"길드장님, 저곳인 것 같습니다."

"네. 그런 거 같아요."

재환은 한국에서 출발할 때부터 재식을 수행함에 있어 철저하게 비서처럼 굴었다.

그들이 멈춰선 전방에는 커다란 성조기가 나부끼는 건물이 있었다.

언뜻 보기에 초등학교나 유치원 시설로 보이는 건물이었는데, 그곳에는 많은 군용차량들이 모여 있고, 또 운동장에는 군용 텐트들이 즐비하게 세워져 있었다.

저벅저벅.

일단 지원을 위해 왔으니 배속 신고부터 해야 해 재식은 길드원들을 데리고 건물 입구를 지키고 있는 군인에게로 다가갔다.

"실례합니다."

"무슨 일이십니까?"

입구 경비를 서고 있던 군인은 재식의 질문에 친절히 물었다.

그런 군인의 응대에 재식은 바로 자신의 신분과 용건을 이야기하였다.

"저희는 한국에서 지원 온 언체인 길드이고, 전 그곳의 길드장인 정재식이라고 합니다."

"아, 그러십니까? 잘 오셨습니다. 건물 안으로 들어가서 입구에서 네 번째 방으로 가시면 됩니다."

군인은 외부 방문자가 왔을 때 어디로 안내를 해야 하는지 잘 알고 있는 것인지, 재식의 말에 얼른 답변을 했다.

"그곳에 가면 텍사스 주 헌터 협회에서 파견된 담당자가 있을 것입니다. 그 사람이 헌터 담당자입니다."

"알겠습니다. 수고하십시오."

재식은 친절한 안내에 인사를 하고 건물 안으로 들어갔다.

저벅저벅.

재식과 언체인 길드원들은 조금 전 군인이 알려 준 4번 방으로 들어섰다.

똑똑.

"실례합니다."

재식은 대표로 노크를 하고 안으로 들어갔다.

웅성웅성.

4번 방 안에는 재식과 일행들이 들어서기 전부터 많은 헌터들이 접수를 하고 있었다.

"휴, 많이도 몰려왔네."

재식의 뒤를 따라 들어오던 언체인 길드의 헌터들은 복잡한 실내의 모습을 보고는 저도 모르게 한국말로 작게 중얼거렸다.

한편, 출입구 문 중 하나가 열리면서 검은 머리의 동양인들이 무리지어 들어오자 한순간 실내에 있던 사람들의 시선이 쏠렸다.

"누구지?"

"어디서 온 놈들이야?"

미국이라고 해서 모두 백인이나 흑인 또는 히스페닉들만 있는 것은 아닌 건 당연했다.

"어떻게 오셨습니까?"

"저희는 한국에서 왔습니다."

"아하! 기다리고 있었습니다."

미국 텍사스 헌터 협회에서 파견된 담당자는 재식과 언체인 길드원들을 반갑게 맞았다.

그도 그럴 것이, 헌터 한명이 아쉬운 상황에서 고위 헌터 그것도 재앙급 몬스터를 사냥한 전력이 있는 최고위 헌터가 지원을 왔다.

싫어할 사람이 없는 것은 당연지사.

비록 이들이 한국에서 온 지원군이라 미국의 헌터들이 내는 세금보다 적게 내, 더 많은 이득을 가져간다는 것을 알고는 있엇다.

하지만 어찌 되었든 미국의 입장에서는 그다지 나쁠 것이 없었다.

이들이 파견을 오는 것 덕분에 많은 수의 자국 헌터들이 보다 안전한 상황에서 몬스터를 막아 낼 수 있게 될 것이었다.

하니 이보다 기쁠 수는 없는 일 아니겠는가?

"여러분의 서류는 이미 팩스로 받았습니다."

한국의 협회에서는 이들이 도착하기도 전에 파견하는 인원과 그와 관련된 서류를 먼저 미국 헌터 협회에 보냈다.

그래야 장시간 비행을 하여 도착한 재식과 언체인 길드원들이 조금이나마 피곤한 상황을 면할 것이기 때문이다.

"그럼……."

재식은 조심스럽게 물었다.

자신이 아무리 한국에서 잘나가는 헌터라지만, 아직 외국에는 단 한 번도 활동을 해 보지 않은 신출이기에 언행에 조심을 하는 것이었다.

"간단한 인원 체크가 끝나면 이번 몬스터 웨이브가 끝날 때까지 머무르실 숙소를 안내해 드리겠습니다."

아무리 한국의 헌터 협회에서 이들의 자료를 보냈어도 미국과 계약을 하는 당사자들로서 사인을 해야 할 서류가 한두 가지가 아니었다.

그렇기에 담당자는 그렇게 이야기를 하고 재식을 어디론가 안내하였다.

*   *   *

똑똑똑.

— 누구야.

"마이크입니다."

— 무슨 일이야?

"한국에서 지원이 왔습니다."

— 알았어, 들어와.

재식을 안내한 마이크 드웨인은 사무실 앞에서 노크를 하고 열리지 않는 문 앞에서 누군가와 대화를 하였다.

"들어가시지요."

재식은 지금 무슨 일이 벌어지고 있는지 감이 잘 잡히지는 않았지만, 일단 그들의 말을 따르기로 하였다.

덜컹.

문을 열고 안으로 들어가자 하얀 백발의 백인 남성이 서류 더미에 파묻힌 채 무언가를 작성하고 있었다.

"서기관님, 모셔왔습니다!"

마이크 드웨인은 그 남자를 향해 고함을 치듯 소리를 질렀다.

"작게 말해. 작게 말해도 들려."

"손님이 왔는데도 그러고 계시니 그런 겁니다."

"바쁘니까 그렇지."

"그럼 전 이만 나가보겠습니다."

"그래. 나가 봐."

마이크는 자신의 상급자인 조나단을 보며 타박을 하듯 이야기를 하고 밖으로 나갔다.

"이거 실례했습니다. 제가 하도 처리해야 할 서류들이 많다 보니."

서류가 쌓인 책상에서 빠져나온 조나단은 재식에게 다가가 손을 내밀었다.

미국을 위해 지구 반대편에 있는 동맹국에서 손님이 왔으니 감사 인사를 표하는 것이다.

"제가 좀 구닥다리라 이렇게 종이 서류를 봐야 업무를 보는 것 같아서… 사무실이 좀 지저분합니다. 텍사스 주 헌터협회 사무관인 조나단 쿠퍼라 합니다. 편하게 조나단이라 불러 주시면 감사하겠습니다."

조금 전 책상에 기대어 서류 더미에 파묻혀 일에 치이던 노인이 책상에서 벗어나자, 허리를 꼿꼿이 세운 장년인으로 변하는 모습을 보게 된 재식은 속으로 깜짝 놀랐다.

그도 그럴 것이, 눈앞에 있는 사내는 절대 헌터처럼 느껴지지는 않았다.

하지만 지금 풍기고 있는 분위기로는 그가 평범한 사람이 아니란 것을 느끼게 해 주었다.

"정재식이라고 합니다. 한국에서 언체인 길드라는 작은 단체를 이끌고 있습니다."

재식은 겸손한 태도로 마주 인사를 하였다.

"하하, 그게 한국인들의 겸손이라는 것입니까? 이곳은 미국입니다. 그렇게까지 하지 않으셔도 됩니다."

조나단은 빙그레 웃으며 재식에게 자리를 권했다.

"재앙급 몬스터를 두 마리나 잡은 특급 헌터를 이렇게 직접 보게 되다니 영광입니다."

재식에 대한 정보를 이미 알고 있었는지, 그에 대해 잘 알고 있는 것처럼 이야기를 했다.

"뭐 별거 아닙니다."

외부에서는 재식이 재앙급 몬스터를 두 마리나 잡은 것으로 알려졌지만, 사실 재앙급 몬스터는 재작년 양평에서 잡은 어스 드레이크가 처음이자 마지막이다.

얼마 전 봉래호에서 물리친 것은 몬스터가 아닌 정령이니 말이다.

게다가 당시에 나온 광기의 정령 메드니스는 동급의 정령인 슈마리온과 함께 잡기까지 했다.

그러니 지금 언급한 재앙급 몬스터 두 마리를 사냥한 것은 맞으면서도 또 맞지 않는 말이기도 했다.

광기의 정령인 메드니스는 분명 재앙급 몬스터에 준하는 전투력을 가진 존재다.

하지만 전적으로 헌터들만의 능력으로 사냥한 것이 아니기에 재식은 괜히 자격지심을 느껴 겸양을 떨었다.

그렇지만 한국인들에 대한 성향을 정확하게 알고 있는 조나단은 그런 재식의 행동을 겉으로 자신의 능력을 과하게 내보이는 서양인들과 다른 동양의 미덕이라 생각하며 가볍게 넘겼다.

"이런, 장시간 비행을 하고 오신 분을 제가 쓸데없는 이야기로 붙잡고 있었군요. 일단 본론으로……."

조나단은 다시 자리에서 일어나 자신이 업무를 보고 있던 책상으로 돌아가 서랍에서 무언가를 꺼내 왔다.

모든 업무가 전자 서류로 바뀐 지가 몇 년이 지났는데, 조나단은 아직도 종이 서류를 고수하고 있었다.

"하하, 전자 서류는 자칫 조작의 의혹을 받을 수도 있다는 의심에 이렇게 종이 서류로 준비를 했습니다."

조나단은 자신이 가져온 서류를 재식의 앞에 내려놓았다.

그것은 미국의 헌터 협회에서 작성한 몬스터 레이드에 대한 계약 서류였다.

원래라면 들어가야 할 세금 문제에 대한 비율이 적혀 있어야 할 자리가 빈칸으로 되어 있었다.

재식과 언체인 길드가 미국 헌터 협회 소속이 아닌 한국의 헌터와 헌터 길드이기에 그렇게 작성되어 있는 것이었다.

"여기 보시면 저희와 협의를 통해 미국 정부에 납부해야 할 세금에 관한 사항입니다."

재식은 계약서를 내밀며 조나단이 짚어 준 조항을 자세히 들여다보았다.

"이건 저희 협회에 속한 헌터들과 같은 내용의 표준 계약서입니다."

조나단은 또 다른 계약서 한 장을 재식에게 보여 주며 말했다.

그곳에는 조금 전 조나단이 공란으로 짚어 준 부분에 38%라고 적혀 있었다.

'미국은 한국과 다르게 정부의 힘이 강한가 보구나.'

몬스터로부터 거둬들이는 수익 중 정부에 납부하는 세금이 한국보다 무려 18%나 높은 것을 확인한 재식은 속으로 그렇게 생각을 하였다.

하지만 자신이나 언체인 길드원들이 굳이 미국의 세금법을 따라야 할 이유는 없었다.

어차피 자신들은 목숨을 걸고 미국을 도와주기 위해 온 것인데, 손해까지 봐가며 도와줄 이유는 없다는 생각이었다.

"이미 그 문제는 저희 협회와 협의가 끝난 것으로 알고 있는데요?"

"아, 물론입니다. 일단 확인 차 저희도 많은 부분을 양보했다는 것을 알리기 위해 보여 드린 것입니다."

잠깐 말을 나눈 것만으로도 조나단은 재식이 비록 나이는 어리지만 만만치 않다는 것을 알 수 있었다.

많은 헌터들이 이런 서류나 계약에 관해서는 약한 부분이 있는데, 눈앞에 있는 헌터는 그렇지 않았기 때문이다.

조나단이 대화를 나누기 전에 그런 부분을 무시한 이유가 있었다.

그가 알기로는 재식이 육체 능력을 주로 하는 특급 헌터라고 알고 있었다.

한데 재식은 단순히 육체 능력만 뛰어나 특급 헌터가 된 것이 아니었다.

5서클 흑마법사이자, 아티팩트도 만들 수 있는 마법사였다.

마법사는 지능이 무척이나 뛰어난 존재였다.

백마법, 흑마법을 떠나 머리가 뛰어나지 못하면 마법을 익힐 수 없었다.

무수한 경우의 수를 계산하고 공간과 에너지의 등을 계산한다.

이후 법칙을 비틀어 현상을 일으키는 것이 바로 마법이기 때문이다.

그러니 우연으로 능력을 각성한 각성 헌터나 단순히 육체 능력을 향상시키기 위해 맹수의 유전자를 육체에 체화한 시술 헌터와는 그 궤를 달리했다.

물론 재식도 시작은 시술 헌터와 비슷했지만, 몬스터의 유전자를 주입하고 또 여러 가지 사건이 겹치면서 그 어떤 헌터와도 다른 스타일의 헌터가 되었다.

지능이면 지능, 육체면 육체.

어느 것 하나 빠짐없이 기존의 헌터와 비교해 월등한 것이 재식이다.

"저희가 사냥한 몬스터는 협의대로 20%의 세금만 납부하는 것으로 하겠습니다."

"알겠습니다. 하지만……."

"네. 말씀하시죠."

"몬스터의 부산물은 전량 이곳에서 처분하는 것으로 해주십시오."

"음, 그건……."

재식은 조나단의 말에 잠시 생각을 정리하기 위해 대답을 하다 말고 생각에 잠겼다.

그리고 잠시 뒤 결정을 한 것인지 대답을 하였다.

"그건 어렵겠습니다."

"어려울 게 뭐가 있습니까. 미국에서 잡은 몬스터이니 미국에서 소비를 하는 것이 맞지 않습니까? 그것이 국제 헌터 협회에서 각국의 헌터 협회와 체결한 협정이기도 합니다."

조나단은 국제 헌터 협회가 체결한 결의를 근거로 따졌다.

하지만 재식은 고개를 흔들며 이야기를 하였다.

"그렇기는 하지만 만약 미국에서 담합하여 저희가 잡은

몬스터의 가격을 후려친다면 저희는 손해를 보게 되는 것 아닙니까?"

재식이 잠시 말을 멈추고 그의 눈을 빤히 쳐다보았다.

"물론 서기관님이나 미국 정부가 그런 일을 주도적으로 할 것이라 생각하지는 않습니다. 하지만 일반 사기업이라면 다르겠죠. 미국은 헌터 사업 기반을 대부분 사기업이 가지고 있지 않습니까."

"음……."

재식의 이야기를 들은 조나단도 그것은 미처 생각지 못한 일이었다.

하지만 재식의 말대로 그럴 수 있었다.

아니, 어쩌면 정부에서 적게 거둬들일 세금 때문에 그런 지시를 내릴 수도 있었다.

"그럼 어떻게 하시겠다는 것입니까?"

"국제 표준 시세로 계산을 해 준다면 전량 미국에 넘겨드릴 용의가 있습니다. 물론 몇몇 저희가 필요한 것도 국제 표준 시세로 구입할 수 있게 도와주셔야 합니다."

재식은 자신이 몬스터 웨이브가 벌어지고 있는 이곳 텍사스까지 날아온 목적을 이렇게 이야기를 하였다.

"음… 정재식 헌터의 목적은 바로 그것이었군요."

조나단은 잠시 재식이 방금 한 이야기를 되짚어 보다가 그렇게 말을 하였다.

재앙급 몬스터까지 사냥한 특급 헌터가 무엇 때문에 자국에서 충분히 돈을 벌수 있음에도 이 멀리까지 날아왔나 의문이었는데, 이야기를 하다 보니 이것이 목적이란 것을 깨달았다.

현재 리오그란데 강에서 시작된 몬스터 웨이브는 기존의 몬스터 웨이브와는 차원이 달랐다.

희귀 몬스터들도 다수 나타난 상황.

이 때문에 미국의 지원 요청을 받은 많은 동맹국들이 처음에는 많은 난색을 보이다가 이내 태도를 바꿔 헌터를 파견했다.

물론 그중에 재식과 같은 특급 헌터는 없었지만, 그들의 목적이야 너무나 빤했다.

한데 한국에서 지구 반대편에 있는 이곳 미국까지 특급 헌터가 온 이유를 알게 되자 조금은 경계하던 마음이 조금은 안심이 되었다.

*   *   *

슈욱―

휘익, 휘익.

100여 개의 커다란 창이 하늘을 가르듯 치솟아 날아갔다.

그렇게 날아간 창은 정점을 찍고 다시 지상으로 내리 꽂혔다.

픽, 픽, 픽.

끄악!

꾸웩—

거대한 창이 괴물과 몬스터들에게 꽂혔다.

지상을 덮으며 달려오던 몬스터 중 창에 맞은 숫자는 불과 100여 마리에 불과했지만, 창을 던진 사람들은 확인도 하지 않았다.

대신 준비되어 있는 창을 들어 다시 똑같은 작업을 계속하였다.

이들이 준비한 창의 숫자는 개인당 10여 개에 불과했다.

그렇지만 이들 던진 창에 맞은 몬스터를 생각하면, 효과가 없는 것이 아니었다.

언체인 길드의 헌터들이 준비한 창은 단순한 쇠로 가공된 창이 아니라 재식이 특별히 마법진을 새겨 넣은 아티팩트였다.

그리고 특별 제작한 이 창은 몬스터용으로 그 길이만도 5m에 이르렀고, 통짜 쇠와 몬스터의 어금니를 가공해 만들었다.

창촉의 경우 날을 새우지 않고 단단하고 질긴 몬스터의

가죽을 뚫기 위해 사각뿔 모양으로 가공하였고, 창두에는 좌우에 날을 세우지 않는 대신 관통력을 높이기 위해 샤프 니스 마법진을 새겼다.

그뿐만 아니라 창 자루 끝에 작은 홈을 만들어 몬스터의 마정석을 박아 넣어 창을 한 번 사용하고 버리는 소모품이 아닌, 몇 번이고 다시금 회수하여 사용할 수 있게 만들었 다.

생각 같아서는 좀 더 많은 숫자의 몬스터용 창을 제작하 고 싶었지만, 상황이 너무 급하게 돌아가는 바람에 최대한 제작한 것이 고작 100여 개뿐이 안 됐다.

"침착하게 자신의 앞에 있는 몬스터 중 가장 가까이 있는 놈들을 겨냥해 던져!"

언체인 길드의 헌터들을 지휘하는 재환이 그렇게 창을 던 지는 헌터들을 독려하며 소리쳤다.

재환이 이렇게 말하는 이유는 몇몇 헌터들이 던진 창이 다른 헌터가 던진 창과 중복되어 적중이 되고 있었기 때문 이다.

그런데 이렇게 중복으로 적을 꿰뚫는 건 문제가 있었 다.

일반적인 창이라면 괜찮겠지만, 조금 전에도 언급했듯 이 들이 사용하고 있는 것은 아티팩트다.

이 창의 진가는 관통이 된 뒤에 나타나는데, 재식은 창에 관통력을 높이기 위해 샤프니스 마법만 새겨 넣은 것이 아니라 또 다른 마법진도 새겨 넣었기 때문이다.

그것은 바로 관통이 된 생명체에게 치명적인 대미지를 줄 수 있는 냉기 마법.

생각하기에 따라 파괴력이 높은 화염 마법이나 뇌전 마법이 더 좋을 거라 생각할 수도 있지만 그건 상황에 따라 달랐다.

만약 지금 상대해야 할 몬스터가 일반적인 생명체가 아닌 골렘이나 언데드와 같은 몬스터라면, 아마 재식도 아티팩트를 제작할 때 그런 마법진을 새겨 넣었을 것이다.

하지만 이번에 상대해야 할 몬스터는 그런 종류의 몬스터가 아닌 바실리스크나 오우거같이 생명을 가진 몬스터들이었다.

현재 미국 텍사스에 밀려들고 있는 몬스터 웨이브는 갈수록 그 숫자가 엄청나게 불어나고 있다.

그러니 조금이라도 몬스터에게 치명상을 주기 위해선 다른 마법이 필요하다고 생각했고, 재식은 여러 속성의 마법보다 냉기 속성 마법이 낫다고 판단했다.

냉기 속성 마법은 화염이나 뇌전에 비해 그 파괴력이 낮다.

하지만 다른 조건까지 갖춰진다면 이야기는 조금 달라진다.

물론 화염이나 뇌전 속성도 체내에서 작용한다면 큰 대미지를 줄 수 있겠지만, 그것이 치명적인 피해를 주기 위해선 급소를 맞춰야만 했다.

그런데 냉기 속성은 달랐다.

냉기 속성은 그 자체적인 파괴력은 약할지 모르겠지만, 그것이 생명체의 피부 속에서 작용하게 되면 일단 그 주변은 냉기로 인해 세포가 얼어 버릴 것이다.

하면 주변을 흐르던 피가 함께 얼어붙을 것이고, 이내 혈관을 막아 버린다.

그리고 그렇게 혈관을 따라 얼어붙다 보면, 심장 또한 자연스럽게 멈추게 된다.

아무리 강력한 생명력을 가지고 또 상처를 재생하는 능력이 뛰어나다 해도 아무런 소용이 없는 것이다.

즉, 언체인 길드의 헌터들이 던진 창을 맞아 몸에 박히게 되면, 어디를 맞추던 간에 그것으로 끝이란 소리다.

그러한 것은 현재 몰려오는 몬스터를 보면 알 수 있었다.

언체인 길드의 헌터들이 던진 창에 맞은 몬스터들은 고통에 찬 비명을 질렀지만, 시간이 흐르면서 그 자리에 얼어붙어 버렸다.

단순히 그 정도로 그친 것이 아니라 생명이 완전히 꺼져 버렸다.

네이팜탄의 뜨거운 열기와 액체질소의 수증기마저 얼어붙게 만드는 냉기에는 가공할 만한 생명력을 자랑하는 몬스터조차도 어쩔 도리가 없었다.

"몬스터의 전열이 무너졌다!"

언체인 길드와 함께 몬스터 웨이브를 막기 위해 대기하고 있던 몇몇 헌터들이 그러한 모습을 보고는 소리쳤다.

비록 해일처럼 밀려드는 숫자에 비해서는 겨우 선두 일부분일 뿐이었지만, 지금까지 계속해서 몬스터에게 밀린 헌터들의 입장에선 무척이나 놀랄 만한 사건이었다.

"뭐? 그게 사실이야?"

무려 5, 6등급 몬스터들로 이루어진 몬스터 웨이브였다.

아무리 강력한 군대의 화력을 쏟아부어도 별로 효과를 보지 못했는데, 개전을 한지 몇 분도 지나지 않아 몬스터 웨이브의 일부가 무너진 것이다.

이 때문에 이를 지켜보던 헌터들뿐만 아니라 헌터들을 향해 달려오던 몬스터들도 순간 당황해 발걸음이 뒤엉켰다.

"다리오 소환!"

재식은 준비한 창을 모두 소모하자, 자신과 계약을 한 최상급 대지의 정령을 소환했다.

스르륵.

[불렀는가, 친구여.]

다른 정령들이 허공 속에서 번쩍, 하며 소환되는 것과는 달랐다.

대지의 정령답게 다리오는 재식이 밟고 있는 땅이 솟아나듯 일어나며 그 형태를 만들었다.

"헛!"

"저, 저게 뭐야!"

몇몇 미국의 헌터들은 그러한 다리오의 소환되는 모습에 또 다른 몬스터가 자신들 사이에서 나타난 줄 알고 기겁하며 물러났다.

하지만 그런 것도 잠시, 재식이 전방에 몰려 있는 몬스터를 손가락질하며 다리오에게 부탁하는 모습을 보자, 안도의 한숨을 내쉴 수 있게 되었다.

'휴~ 우리 편이구나!'

겉으로 보기에는 몬스터와 비슷해 보였지만 헌터가 다루는 모습에 걱정을 거두었다.

"다리오! 몬스터가 몰리지 않게 여러 방향으로 나눠 줘!"

좁은 곳에 많은 몬스터가 몰리면 아무리 헌터가 많이 모여 있다고 해도 불리할 수밖에 없었다.

이는 인간과 몬스터가 가지는 육체부터가 다르기 때문이다.

괜히 몬스터를 잡기 위해 근접전을 벌이다 옆에 있는 몬스터 때문에 낭패를 볼 수도 있었고, 또 어떤 특수한 능력을 가진 개체가 나타나 변수를 만들 수도 있었다.

그렇기 때문에 재식은 일단 몬스터를 일정하게 구획을 정해 가둬, 각개격파하려는 계획을 세운 것이다.

[알겠다.]

다리오는 재식의 부탁을 들어주기 위해 더욱더 몸을 키웠다.

덩치가 커져야 그만큼 규모가 큰 힘을 쓰기 편하기 때문이었다.

고오오오오오—

드드드드.

뭔가 장엄한 울림이 대기를 울리고 대지가 떨리기 시작했다.

그러면서 다리오의 크기는 점점 더 거대해져, 지름이 무려 60m에 이르게 되었다.

[구와!]

거대해진 다리오는 요상한 기합을 내뱉고는 두 개의 앞발을 내려찍으며 발을 굴렀다.

쿵!

쿠르르르!

다리오의 강력한 발 구르기가 끝나자, 몬스터들이 몰려

있는 지점에서 마치 지진이라도 일어난 것처럼 땅이 갈라지기 시작했다.

그러더니 이내 몬스터들이 총 아홉 개의 구획으로 나뉘게 되었다.

"어?"

"뭐야?!"

"무슨 일이 벌어지는 거야!"

"설마 저기 저 사람이 그런 건가?"

"와! 나 이런 것 처음 봐!"

갑자기 벌어진 현상에 헌터들은 각자 자신이 느낀 소감을 그대로 떠들기 시작했다.

헌터들이 그렇게 신기한 현상에 정신을 놓고 있을 때, 재식은 자신의 뒤에 있는 언체인 길드원들에게 있는 힘껏 소리쳤다.

"돌격! 창을 회수한다!"

"와아!"

재식의 명령이 떨어지자 대기를 하고 있던 언체인 길드의 헌터들이 일제히 함성을 지르며 전방으로 뛰어가기 시작했다.

그런 그들의 몸에는 언제 갖췄는지 단단한 갑옷이 입혀져 있고, 손에는 보기에도 흉측한 도끼와 검과 같은 각자가 선호하는 무기들이 들려 있었다.

이것들은 재식이 이들의 특성에 맞게 제작해 준 아티팩트들이다.

원래는 이보다 한 단계 낮은 아이템을 지급했지만, 몇 달간 생사고락을 함께하면서 신뢰가 쌓여 무기들을 아티팩트로 교체를 해 주었다.

더욱이 미국에 몬스터 웨이브를 막기 위해 원정을 가는 것이었다.

이번에 상대해야 할 몬스터는 무려 5, 6등급의 몬스터인데다가 게이트 브레이크가 동시다발 적으로 걸린 상황이었다.

단순히 몇 마리 잡고 끝나는 사냥이 아닌 계속해서 전투를 벌여야만 했다.

장시간 이어지는 전투에서 아이템을 사용하다가는 언젠가 신체의 에너지를 모두 사용할 것이었고, 그 순간 바로 죽은 목숨이나 다름없을 것이 분명했다.

그렇기에 재식은 이번 원정을 오면서 길드원 전원의 장비를 아이템에서 아티팩트로 바꿔 준 것이었다.

그로 인해 언체인 길드의 길드원들은 이전보다 더 강력해진 전투력을 가지고 보다 오래도록 전투를 벌일 수 있게 되었다.

더욱이 자신들의 장비를 교체하고 처음으로 그것을 시험하는 자리였다.

그러다 보니 언체인 길드의 헌터들은 지금 극도로 흥분하여 자신보다 등급이 비슷하거나 높은 몬스터들을 향해 저돌적으로 돌진할 수 있는 것이었다.

"하압!"

쾅!

퍼퍽!

여기저기서 언체인 길드의 헌터들과 몬스터들이 충돌을 하였다.

몸통박치기를 하며 몬스터에 돌진하는 사람이 있는가 하면, 몬스터의 사각으로 숨어들어 몬스터의 급소를 찌르는 암살자 타입의 헌터까지.

다양한 형태로 몬스터와 충돌을 한 언체인 길드의 헌터들은 자신보다 더 강력한 몬스터를 상대로도 전혀 꿀림 없이 전투를 벌였다.

때로는 혼자, 때로는 협동을 하며 몬스터들 사이사이를 누비었다.

한편 재식은 길드원들이 몬스터들을 향해 달려갈 때, 전혀 다른 방향으로 뛰기 시작했다.

원래는 길드원들과 함께 몬스터에게 달려들어 전투를 하려고 계획하였다.

하지만 대지의 최상급 정령인 다리오의 능력은 자신의 생각을 훨씬 능가하였다.

삼등분 정도만 되어도 좋다고 생각했는데, 다리오는 보다 세분하게 몬스터들을 분리하여 무려 아홉 등분이나 나누어 놓았다.

　그러다 보니 처음에 생각한 것보다 상대해야 할 몬스터의 숫자가 확 줄어 버렸다.

　이에 재식은 비록 적은 숫자이지만, 언체인 길드원들과 뒤에 있는 미국의 헌터들만으로도 전면에 있는 몬스터 무리 정도는 충분히 상대할 수 있겠다는 판단을 했다.

　하여 본인은 그 옆에 있는 몬스터 무리를 상대하기 위해 달리는 것이었다.

　처음부터 너무 강력한 힘을 사용한 다리오는 어느 순간 소환 해제가 되어 돌아갔다.

　하지만 재식은 그러한 것을 의식하지 않고, 또 다른 몬스터 무리 안으로 뛰어들었다.

　"으앗!"

　심장의 강력한 마력을 돌려 신체를 활성화하였다.

　그러자 재식의 몸집이 거의 두 배에 가까운 크기로 커졌다.

　한데 평소와 다르게 재식은 갑옷을 입고 있었고, 손에는 5m에 가까운 거대한 대검을 들고 있었다.

　스윽—

　재식이 휘두른 대검은 그 덩치에 맞지 않게 너무나 날카로운 소리를 내며 대기를 갈랐다.

그렇게 재식이 휘두른 대검은 한 번 휘둘러질 때마다 5, 6등급의 몬스터를 손쉽게 두 동강 내 버렸다.

크악!

크앙!

무리 속으로 뛰어든 재식은 마치 양 떼가 들어 있는 우리에 늑대가 뛰어든 것마냥 몬스터 속을 휘저었다.

한편, 헌터들이 몬스터 웨이브를 맞아 전투를 벌이고 있는 현장에서 5㎞정도 떨어진 곳에서 이를 지켜보고 있는 이들은 입이 떡 벌어졌다.

언체인 길드와 재식이 몬스터 웨이브를 맞아 벌이는 전투를 보면서 경악을 금치 못했기 때문이다.

그도 그럴 것이, 지금까지 이들은 몬스터와 헌터가 이렇게까지 비등하게 전투를 벌이는 모습을 아직까지 본 적이 없었다.

미국에는 두 개의 재앙급 몬스터를 처리한 헌터 길드가 있었다.

수도 워싱턴 D.C와 뉴욕을 구원한 팀 어벤져스와 팀 디펜던스.

그러한 두 팀을 보유하고 있는 저스티스가 바로 그 길드였다.

미국뿐만 아니라 세계 최대의 길드이며, 누구나 최고로

꼽는 길드가 바로 저스티스다.

그런 저스티스가 몬스터와 벌이는 전투를 연일 텔레비전을 통해 방송하였지만, 지금처럼 너무나 쉽게 몬스터를 상대하는 모습은 보지 못했다.

최고라 칭하는 저스티스의 헌터도 다수의 헌터들이 팀을 이뤄 소수의 몬스터를 사냥을 해 왔다.

그런데 한국에서 지원을 온 헌터 길드의 헌터들은 전혀 다른 모습을 보였다.

자신보다 몇 배나 큰 몬스터를 상대로 일대일 또는 이대일 등, 다양한 모습으로 전투를 하면서 일방적으로 몬스터들을 처리하고 있었다.

그렇게 쉽게 죽어나가는 몬스터들의 위험 등급이 낮은가 하면 그렇지도 않았다.

무려 5등급 이상의 아주 위험한 몬스터들.

동급의 헌터들이 피해를 줄 수는 있어도 일대일로 상대할 수 있는 몬스터는 아니었다.

괜히 그러한 몬스터들이 따로 재난급이나 재해급이라 불리는 것이 아니다.

한국에서 온 헌터들만으로도 놀라운데, 더한 것은 그들을 지휘하고 있는 길드장이었다.

전투 초기 엄청난 크기의 괴 생명체를 부려 밀려들던 몬스터 웨이브를 조각내더니, 이번에는 홀로 거대한 검을 들고 몬스터들 속으로 뛰어들어 학살을 하고 있었다.

　그러한 모습 때문에 이를 지켜보는 관계자들은 할 말을
잃어버렸다.

8. 각국의 관심

슈슈슈—

하늘에서 강철로 만들어진 비가 내렸다.

그곳은 몬스터 웨이브가 밀려드는 선두 그룹이었다.

끄억!

크악!

쿠구구궁!

하늘에서 내린 강철의 비를 맞은 몬스터는 거대한 몸을 대지에 누이며 쓰러졌다.

그 뒤로 쓰러진 몬스터에 의해 진로가 막힌 웨이브는 한순간 정체 현상을 일으켰다.

거기에 더해 연속해서 쏟아진 강철의 비로 인해 천여 마리가 죽었고, 또 뒤에서 밀려드는 몬스터가 쓰러진 동료를 짓밟아 몇 천 마리가 죽거나 부상을 당했다.

그제야 대기를 하고 있던 헌터들이 함성을 내뱉으며 달려나갔다.

와아!

두두두두.

거대한 몬스터가 밀려드는 것에 비해서는 조금 손색이 있긴 했지만, 그래도 몇 만 명이나 되는 헌터들이 일제히 달려가는 것 또한 장관이었다.

그런데 그 모습을 지켜보는 이들은 의아한 표정으로 장면을 되돌려 다시금 집중했다.

지금 몬스터를 상대로 헌터들이 달려가는 장면은 몇 시간 전에 촬영된 녹화 본이었다.

국가안전보장회의를 주최하는 그란트 대통령은 지금 자신이 무엇을 보고 있는 것인지 황당한 표정을 감출 수가 없었다.

그리고 그건 NSC에 참석하는 의원들 모두가 마찬가지였다.

더욱이 전황에 대해 조언을 받기 위해 부른 전문가의 분석에 의하면, 전혀 조작이 되어 있는 않은 자료라 하였다.

처음 언체인 길드원들이 던진 거대한 창으로 인해 5, 6 등급의 몬스터들이 쓰러진 것에 대한 보고서도 있었는데, 그들이 던진 천여 개의 창이 모두 아티팩트로 추정된다고 적혀 있었다.

물경 천 개가 넘는 창이 모두 아티팩트라는 소리에 그란 트 대통령은 물론이고, 위원들마저 조금 전 몬스터들이 쓰러지는 것을 볼 때보다 더욱더 놀라고 말았다.

어느 헌터 길드가 아티팩트를 천 개나 넘게 보유한다는 말인가.

국가조차도 그렇게 보유하고 있기는 어려운 일이다.

아티팩트는 그 가격이 천차만별이기는 하지만 싼 것도 10만 달러 이상에 거래가 된다.

그런데 무려 5등급 이상의 몬스터에게 확실한 대미지를 줄 수 있는 아티팩트다.

지금까지 거래된 수많은 아티팩트 종류 중에서도 특히나 무기 형태의 가격은 무척이나 높았다.

이는 발견되는 아티팩트 중 무기형 아티팩트가 많지 않기 때문이었다.

특히나 5등급 이상 몬스터에게 저 정도의 위력을 보일 수 있는 무기형 아티팩트는 지금까지 발견된 전례가 없었다.

다만, 저 창보다 더욱 낮은 능력의 아티팩트가 거래된 적이 있었는데, 그 가격이 무려 1,200만 달러였다.

팀 어벤져스의 수장이 보유하고 있는 무기로 에너지 등급이 겨우 3급 정도로 측정이 되었고 화염 속성을 가지고 있는 무기였다.

그럼에도 무기를 들고 있는 주인의 능력과 잘 맞아 엄청난 위력을 보여 주었고, 덕분에 크리스 루소가 뉴욕에 나타난 재앙급 몬스터, 기간틱 베어를 물리치는 데 큰 역할을 하였다.

크리스 루소에게 플레임 소드가 없었더라면 어쩌면 기간틱 베어를 막지 못했을 수도 있었다.

하지만 다행히 재앙급 몬스터인 기간틱 베어가 뉴욕에 나타나기 불과 수개월 전, 크리스 루소는 뉴욕에 소재한 헌터 옥션에서 3등급 무기형 아티팩트를 1,200만 달러에 살 수 있었다.

원래 플레임 소드의 경매 예상가는 1,500만 달러 정도였지만, 팀 어벤져스의 수장이 참가한다는 소문이 돌면서 많은 사람들이 경매를 포기했다.

덕분에 크리스 루소는 예상가보다 낮은 가격에 낙찰받을 수 있게 된 것이다.

물론 플레임 소드가 필요한 헌터가 있었더라면 크리스 루소와 경쟁이 붙어 더 높은 금액이 책정이 될 수도 있었다.

하지만 경매에 참석한 사람들이 세계 최고라 평가되고 있는 헌터 중 한 명인 크리스 루소와 척을 지고 싶어 하지는 않았다.

그와 동급의 헌터 중에 플레임 소드가 꼭 필요한 헌터가 있는 것도 아니었고, 또 플레임 소드의 가치가 그렇게까지 욕심이 날 정도로 좋은 것도 아니기 때문이다.

한데 크리스 루소에게는 달랐다.

화염 속성과 마력 증폭이라는 능력을 각성한 그에게는 비록 3등급 아티팩트라지만 속성과의 시너지 효과가 엄청났다.

이런 것들을 떠올린 NSC 위원들은 자신들의 자랑인 크리스 루소보다 한국에서 온 헌터들이 어떻게 저렇게 대단한 능력을 보일 수 있는 가에 대한 궁금증을 가질 수밖에 없었다.

그들이 사용한 무기는 크리스 루소가 사용하는 플레임 소드보다 훨씬 높은 등급의 아티팩트인 게 분명했다.

그렇게 생각할 수밖에 없는 것이, 한국에서 온 헌터들의 수장이 한국에서 네 번째로 나타난 S급 헌터라고 적혀 있었지만, 그 나머지 헌터들의 정보는 별게 없었다.

미래가 기대되는 각성 헌터들도 아니고 겨우 5등급 후반에서 6등급 초반에 걸친 시술 헌터들이었다.

이미 한계가 다다른 헌터들이란 것을 알게 되면서 한국

이 헌터를 지원한다는 말에 그다지 크게 기대를 하지 않았다.

그지 인솔자인 S급 헌터 한 명만이 조금 도움이 되겠다는 생각을 했을 뿐이다.

그런데 뚜껑을 열어보니 자신들이 한계가 있다고 판단한 그 헌터들도 자신들의 예상을 한참이나 넘어선 이들이었다.

5, 6등급 초반의 헌터라고는 도저히 믿기지 않을 정도로 활약을 하고 있었기 때문이다.

같은 등급의 자국 헌터들은 몬스터 한 마리를 상대로도 10여 명이 달라붙어 겨우 레이드를 진행하는데, 한국에서 온 헌터들은 그게 아니었다.

한 명이 또는 두세 명이 유기적으로 움직이며 몬스터들을 학살하고 있었다.

뿐만 아니라 5등급 몬스터들을 지휘하고 있는 6등급 몬스터에게는 십여 명이 협공을 하여 순식간에 사냥을 끝냈다.

이런 모습을 목격한 미국의 헌터들은 몬스터들을 상대하고 있다는 것도 잊고 그것을 쳐다보다가 위기에 처하는 경우도 생겨났다.

그때마다 어떻게 알았는지 한국의 헌터들은 몬스터 사냥을 하면서도 위기에 처한 헌터들 구해 냈다.

그렇게 목숨을 건진 헌터들은 더욱 한국에서 온 헌터들에게 무한한 신뢰의 시선을 던졌다.

그러한 모습들이 하늘에 떠 있는 헬리콥터들로 인해 촬영되면서 미국 전역으로 퍼져 나갔고, 그걸 통해 몬스터 웨이브를 막고 있는 현장을 살펴보던 대통령과 NSC 위원들은 할 말을 잊고 계속해서 영상을 돌려 보고 있는 것이었다.

"저것을 우리도 구할 수는 없겠나?"

언체인 길드원들이 전투 초기에 사용한 거대한 창의 정체가 아티팩트라는 것을 확신한 그란트 대통령은 주변의 위원들을 돌아보며 물었다.

딱히 누군가를 짚어 물어본 것은 아니지만, 이를 듣고 있는 사람들의 머릿속에는 방금 전 그란트 대통령이 한 말과 똑같은 생각이 맴돌았다.

"그런데 정말로 저들이 처음 사용한 창이 아티팩트가 맞을까요?"

효과를 보면 분명 아티팩트가 맞을 것이라 판단은 되었다.

하지만 한편으로는 국가도 아닌 일게 길드에서, 그것도 똑같은 아티팩트를 저렇게나 대량으로 사용하는 것은 말이 되지 않는다고 생각했다.

그 탓에 국무 장관인 제임스 고든이 의문을 표한 것이다.

"그렇기는 하지만 아티팩트가 아니라면 어찌 저렇게 창 하나를 맞았다고 5등급 몬스터가 픽픽 쓰러진다는 말인 기?"

라이언즈 부통령은 화면을 조작해 전투 초기 장면을 모니터에 띄웠다.

"음……."

두 사람의 대화가 이어지자 사람들은 혼란이 일었다.

국무 장관인 고든의 말도 일리가 있고, 또 부통령인 라이언즈의 이야기도 일리가 있기 때문이다.

그렇기에 방 안에 있는 사람들이 상당한 혼란을 겪는 것이다.

두 이야기 속에 절충점이란 것이 있을 수가 없기에 이들도 쉽게 둘 중 어느 말이 정답인지 판단을 내릴 수가 없었다.

"혹시 한국에서 저런 것을 찍어 내는 것은 아니야?"

실내에 있던 누군가가 농담을 던지는 것처럼 한마디 하였다.

그는 워낙 머릿속이 혼란스러운 탓에 잠시 스트레스에서 벗어나고 싶은 마음에 농담을 던진 것이었지만, 그 말을 들은 다른 사람들의 생각은 달랐다.

'뭐? 한국에서 아티팩트를 찍어내?'

많은 사람들이 그가 농담으로 던진 한마디에 심각한 표정이 되어 생각에 빠졌다.

"아! 그렇지 않아도 얼마 전 한국에서 들어온 소식이 있습니다."

"그게 뭔가?"

그 말을 들은 라이언즈 부통령이 급하게 물었다.

"한국의 헌터 협회에서 아티팩트는 아니지만, 그와 유사한 아이템이란 것을 헌터들을 상대로 판매하고 있다고 합니다."

CIA국장 조나단 샌더슨의 대답이었다.

"그게 사실인가, 조나단?"

"예, 확실합니다. 그 정보를 들은 것이 작년 이맘때부터이긴 한데…….."

"아니, 그런 정보가 있다면 진즉 알려야 했을 것이 아닌가?"

그란트 대통령은 조나단 국장의 대답에 호통을 치며 말을 하였다.

"하지만 저희가 그것을 확인할 수는 없었습니다."

"아니, 그게 무슨 말인가? 우리가 확인을 하지 못하다니?"

"그게 어찌된 일인지 그 무렵부터 한국 정부와 헌터 협회에서 무언가를 감추기 시작했습니다. 이후 아티팩트와 아이템에 관한 정보를 일절 비밀로 했고, 아무리 물어도 저희에게마저 제공을 하지 않고 있는 상황입니다."

조나단 샌더슨은 침중한 목소리로 자신이 보고를 하지 못한 것에 대한 설명하였다.

그런 조나단의 이야기에 라이언즈 부통령이 인상을 찡그리며 말을 하였다.

"혹시 국토안보부에서 포착한 정보는 없나?"

2001년 911테러 이후, 미국 내 정보기관들이 각자 독립적으로 정보를 수집하고, 그렇게 수집한 내용을 다른 곳과 연계하지 않는다는 것을 알게 되었다.

미국 정부는 이런 비효율적인 운용으로는 국가 안보를 안전하게 지킬 수 없다는 생각에 모든 국내외 정보기관의 정보를 하나로 통합하여 지휘하는 조직을 만들어 냈다.

그것이 바로 국토안보부다.

다른 정보기관의 독립성을 해치지 않는 상태에서 정보의 통합을 하다 보니, 이전에 국외 정보를 좌지우지하던 CIA나 국내 정보를 담당하던 FBI이상의 정보기관이 되었다.

그런 국토안보부의 수장인 피터 올드만은 부통령 라이언즈의 질문에 진땀을 흘렸다.

그도 그럴 것이, 그도 한국에서 벌어진 일에 대해 알고 있는 것이 별로 없었기 때문이다.

비록 국토안보부가 미국 내에 활동하는 모든 정보기관의

가장 위에 있는 건 사실이나, 현장 요원은 하나도 없고, 모든 요원이 CIA나 다른 정보기관에서 보내 준 정보들을 취합해 분석하는 분석 요원들뿐이었다.

즉, 다른 정보기관이 알려 주지 않는 것은 스스로 알아낼 수가 없다는 말이었다.

그들이 놓친 정보가 있다면 그것을 조합하여 찾을 수는 있지만, 없는 정보를 만들어 낼 수는 없었다.

"저희도 CIA와 비슷한 상황입니다. 다만⋯⋯."

올드만 국장이 뒷말을 흐리자 사람들은 무언가 더 있을 거란 생각에 그에게 시선을 집중했다.

"한국에서 정보를 숨기기 시작한 시기를 살펴보면, 지금 저기에서 활약하고 있는 한국의 네 번째 S급 헌터가 등장을 하고부터란 부분이 걸립니다."

그는 이야기를 하면서도 텔레비전 화면 속에서 눈을 떼지 못하고 있었다.

텔레비전에는 거대한 칼을 휘두르며 몬스터들을 학살하고 있는 재식의 모습이 보였다.

"뭐?!"

"뭐라고?!"

한국에서 지원을 와서 엄청난 활약을 하고 있는 재식의 모습을 지켜본 그란트 대통령이나 라이언즈 부통령의 두 눈이 동그랗게 떠졌다.

그러고는 빠르게 고개를 돌려 텔레비전 속에 있는 재식의 모습을 찾았다.

다른 헌터들과는 차원이 다른 활약을 보이고 있는 재식의 모습은 이를 보고 있는 미국의 대통령과 고위 관료들의 시선을 한눈에 사로잡았다.

저렇게 대단한 활약을 하는 헌터가 한국에서 판매되는 아이템이라는 것을 제작했을 수도 있다니.

만약 그 말이 사실이라면 본신의 무력보다는 훨씬 더 뛰어난 능력을 가지고 있는 것이었다.

"음… 혹시 저자를 우리 미국으로 끌어들일 수는 없겠나?"

그란트 대통령은 역대 어느 미국의 대통령과 비슷한 생각을 가지고 있었다.

능력이 있는 사람이라면 누구라도 미국 국적을 가지게 만든 역대 미국 대통령들처럼 말이다.

사실 그란트 대통령도 이미 그러한 일을 많이 해 본 경험이 있었다.

유능한 헌터들을 미국으로 불러들이기 위해 각종 혜택을 주었고, 이에 발맞춰 의회도 헌터들이 보다 쉽게 미국으로 이민을 올 수 있게 법까지 개정을 해 주었다.

난민에 대한 심사는 엄격하지만, 자국에 도움이 되는 인재라면 난민도 마다하지 않고 받아들이는 미국이다 보니 대격변 이후 몬스터의 출현으로 국가가 위기에 처하고 또 국민이 불안에 떨었다.

이에 미국 정부는 이민법을 개정하여 보다 쉽게 헌터들이 미국 국적을 취득할 수 있게 만들었다.

그 때문에 수많은 헌터들이 고국을 버리고 미국으로 가족들을 데리고 떠났다.

이 때문에 헌터들을 잃은 국가들은 미국을 성토하였지만 어쩔 도리가 없었다.

헌터인 개인이 판단하여 국가를 선택한 문제이기에 국가가 나서 제재를 할 수도 없는 문제이기 때문이다.

"아무리 저희가 우대를 해 준다고 해도 아마 국적을 바꾸는 일은 없을 듯합니다."

"그건 무슨 말이지?"

"한국도 예전 같지 않아 헌터에 대한 지원책이 저희 못지 않습니다. 아니, 세금 문제만 따져도 저희보다 훨씬 조건이 좋습니다."

제임스 고든은 헌터들의 세금 납부액을 언급했다.

미국의 경우 헌터들은 다른 직종에 비해 우대를 받아 38%의 세금을 납부한다.

하지만 한국의 세금은 미국의 헌터들이 내는 세금의 겨우 절반이 조금 넘는 20%였다.

뿐만 아니라 헌터가 소비하는 물품에 대해 부가세를 물

지 않아도 되어 사실상 절반 이상의 감면 효과를 보고 있었다.

물론 한국의 헌터들이 한국을 떠나 미국으로 혹은 다른 나라로 떠나는 경우는 있기는 하지만 그 숫자는 많지 않았다.

한국 국적의 헌터들이 그들의 국적을 버리고 다른 나라로 이민을 가는 경우는 대부분이 대형 헌터 길드에 찍혀 국내 활동이 어려워진 헌터밖에 없기 때문이었다.

하나 그런 헌터들은 미국에서 필요로 하는 고위 헌터가 아니기에 미국도 그동안 별 관심이 없었다.

그런데 재식의 활약을 본 관료들은 어떻게 하면 그를 자국으로 데려올 수 있을지 궁리를 하는 것이다.

하지만 재식이 한국에서 받고 있는 혜택이라면 굳이 미국으로 국적을 옮겨 이민을 올 이유가 없었다.

*　　　　*　　　　*

쿠그궁!

하늘을 뒤덮을 정도로 많은 먼지들이 피어올라 대지를 덮었다.

그 때문에 저 하늘 꼭대기에서 감시하던 인공위성들의 눈들이 텍사스에서 벌어지고 있는 몬스터 웨이브의 일부를 놓쳤다.

어느 순간부터 텍사스에서 벌어지고 있는 몬스터 웨이브는 단순하게 미국만의 문제가 아니게 되었다.

이는 모두 얼마 전 한국에서 온 헌터들이 펼친 어마어마한 활약을 보게 되면서부터 시작되었다.

몬스터 웨이브를 텔레비전으로 보게 된 사람들은 각국의 정부는 물론이고, 일반인들까지 온통 한국에서 온 언체인 길드와 그곳의 길드장인 재식을 주목했다.

뛰어난 활약으로 몬스터들을 학살하는 모습에 사람들은 그동안 가지고 있던 몬스터에 대한 막연한 두려움을 떨칠 수 있어 대리 만족을 할 수 있었다.

그렇지만 각국 정부의 관심은 언체인 길드와 길드장인 재식보다도 이들이 사용하고 있는 각종 장비에 있었다.

언뜻 봐도 그들이 사용하는 것은 모두 단순한 장비가 아닌 아티팩트로 보이기 때문이다.

특히나 전투 초기 사용한 거대한 창은 몬스터에 대해 어느 정도 알고 있는 사람들이라면 누구나 탐을 낼 만한 것이었다.

창은 헌터들 사이에서도 대몬스터 병기로 많은 주목을 받는 무기였다.

그렇기 때문에 몬스터 레이드에 많이 쓰이는 범용적인 장비.

만약 이전에 창 형태의 아티팩트가 경매에 올랐다면, 그게 무엇이든 사상 최고의 가격으로 낙찰될 것이 분명했다.

그런데 그런 무기형 아티팩트를 한두 개도 아니고, 무려 천여 개나 일개 길드에서 가지고 나와 선을 보인 것이다.

위력 또한 기존에 나온 어떤 몬스터용 무기들에 비해서 월등했다.

무려 5등급의 몬스터가 한 방에 즉사 내지는 활동 불가가 되었으니, 더 할 말이 없었다.

그렇게 강력한 창으로 초반 기세를 무너뜨린 언체인 길드로 인해 다른 헌터들은 보다 쉽게 전투를 벌일 수 있었고, 그날의 전투는 대승을 거뒀다.

첫날에만 무려 7,000여 마리의 몬스터를 사냥할 수 있었다.

그중 5등급 몬스터는 무려 6,700여 마리나 잡았고, 재난급이라 불리는 6등급의 몬스터들도 900마리 정도를 잡았다.

그중 대기를 하던 헌터들이 잡은 것은 겨우 3,000여 마리에 불과했다.

그것도 모두 5등급 몬스터뿐이었다.

그에 반해 인원수는 겨우 100여 명에 지나지 않는 언체인 길드의 헌터들은 남은 5등급 몬스터와 6등급 몬스터를 모두 잡았다.

한데 길드장인 재식은 혼자서만 6등급 몬스터를 700마리나 가깝게 잡았을 뿐만 아니라, 5등급 몬스터는 잡은 수를 세지도 못할 정도로 많았다.

재식이 이렇게 6등급 몬스터 위주로 사냥을 한 것은 전적으로 헌터들의 안전을 위한 것이었다.

아무리 언체인 길드의 헌터들이 마나 집적진과 아티팩트로 무장을 하고 있다고는 하지만, 한두 마리가 아닌 몬스터 웨이브 속에서 6등급 몬스터를 상대하는 것은 쉬운 일이 아니었다.

그렇기에 재식은 사냥을 하는 종종 위기에 처한 헌터들이 보이면 마법을 사용하여 몬스터를 제거하였다.

그러다 보니 의도치는 않았지만 주로 사냥을 한 것이 6등급 몬스터가 된 것이었다.

그렇게 전투가 끝난 뒤 전과를 확인하는 과정에서 언체인 길드와 재식의 활약을 재확인한 미국의 헌터 협회는 태도를 달리할 수밖에 없었다.

기존에는 S급 헌터인 재식 때문에 마지못해 언체인 길드원들을 챙겼다.

한데 첫날 전투가 끝난 뒤로는 재식은 물론이고, 언체인 길드원들도 단순한 들러리가 아닌 전장의 주역이란 것을 알고 그에 합당한 대우를 해 주었다.

물론 그러면서 정부에서 파견된 인사가 재식에게 접근하여 언체인 길드가 전투 초기 사용한 창이 아티팩트가 맞는지 물어왔고, 또 그것을 구입하고 싶다는 의사를 전달했다.

이런 움직임은 미국 정부만이 하는 게 아니었다.

가장 먼저 미국에 지원군을 파견해 준 캐나다 정부는 물론이고, 미국의 첫 번째 파트너이자 전통적 우방인 영국 정부도 발 빠르게 대서양을 날아왔다.

그렇게 각국의 정부들과 그들 나라를 대표하는 대형 헌터 길드들이 움직이기 시작했고, 그들은 언체인 길드와 재식에게 질문을 해 왔다.

그러나 그게 불가능한 곳은 대신해서 한국 정부와 한국의 헌터 협회에 문의를 해 왔다.

하지만 그들은 어떠한 대답도 들을 수 없었다.

그도 그럴 것이, 아티팩트 제작은 전적으로 재식의 몫이기 때문이었다.

그러다 보니 각국 정부의 관심과 시선은 텍사스에 있는 재식에게로 쏠릴 수밖에 없었다.

그런데 재식은 가타부타 대답을 해 주지 않고 그냥 이번 몬스터 웨이브가 끝나면 이야기를 해 준다고만 되풀이하였다.

이런 대답을 들은 정부들은 어쩔 수 없이 텍사스에서 발생한 몬스터 웨이브가 성공적으로 끝나기를 기다리기만 했다.

그 때문에 이제는 스포츠 중계를 시청하듯 미국에 중계료를 지불하고 이를 지켜보는 중이었다.

＊　　　＊　　　＊

휘이이잉—

"셀레스트, 먼지를 날려 줘!"

먼지로 인해 시계가 좁아지자 재식은 얼른 바람의 최상급 정령인 셀레스트를 소환하였다.

[알겠어!]

휘이잉—

푸른색의 천사를 연상시키는 셀레스트는 하늘 높이 몸을 띄우며 몸집을 키워 나갔다.

점차 몸을 키워가던 그녀는 이내 강한 바람을 불러일으켰고, 일대를 뒤덮고 있던 먼지들을 저 멀리 날려 버렸다.

물론 셀레스트는 센스를 발휘하여 먼지구름을 몬스터들이 밀집되어 있는 방향으로 날려 보냈다.

"고마워."

[별거 아닌데 뭐. 내가 더 도울 일이 없을까?]

셀레스트는 재식의 고맙다는 말에 방긋 미소를 지어 보이며 더 시킬 일이 없는지 물었다.

"아니야. 나머지는 내가 마무리할 테니 그만 들어가도 좋아."

재식은 아직 상대해야 할 몬스터의 숫자가 많기에 최상급 정령들을 굳이 오랫동안 소환하지 않고 잠깐씩만 불러 전투를 벌였다.

아무리 그가 정령력이 넘쳐 난다고 해도 굳이 힘을 낭비할 생각은 없었다.

짧은 전투도 아니고 엄청난 숫자의 몬스터들이 몰려드는 웨이브 상황에서는 자칫 잘못하다가 통제를 벗어난 힘으로 인해 주변에 있는 헌터들도 피해를 입을 수 있기 때문이었다.

이에 재식은 결코 자신이 통제할 수 없는 상황에서 재앙급 이상의 능력을 보유하고 있는 최상급 정령들을 그냥 풀어놓을 생각은 하지 않았다.

최상급 정령들이 큰 도움을 줄 것이란 것은 물론 알고 있지만, 괜한 변수를 만들지 않으려는 것이었다.

그리고 또 다른 이유는 굳이 미국 정부에 자신의 힘을 모두 알려 줄 이유가 없다는 생각이었다.

그러다 보니 정령은 잠깐씩 필요할 때만 선보였을 뿐, 그 모습을 오랫동안 본 사람은 아무도 없었다.

나중에 미국 정부나 단체에서 자신에 대해 오판하여 완벽하게 상대할 수 없게 힘을 숨긴 것이다.

그러한 것이 언젠가는 자신을 위기에서 구해 줄 수 있는 발판이 될 수도 있다는 생각이었다.

그리고 그것은 연인인 최수연에게도 마찬가지다.

비밀은 혼자만 알고 있을 때만이 비로소 비밀이 되는 것이었다.

아무리 친한 사이이고, 또 가까운 사이라고 해도 두 사람 이상이 알게 되면 그것은 비밀이 아니었다.

[알았어. 또 필요하면 불러 줘~]

"응."

팟—

소환 해제가 되자 셀레스트는 한순간에 모습을 감추었다.

이 때문에 어느 누구도 그녀의 모습을 목격한 이는 아무도 없었다.

그도 그럴 것이, 대지의 정령인 다리오와는 다르게 바람의 최상급 정령인 셀레스트는 바로 공기로 이루어진 존재였다.

그러다 보니 원래도 잘 눈에 뛰지 않았는데, 이번에는 먼지 속에서 소환되었다.

게다가 하늘 높은 곳에서 사라지다 보니 멀리 떨어진 곳에서 현장을 주시하는 카메라에도 그 모습이 잡히지 않은 것이었다.

때문에 이를 지켜보던 사람들은 그저 텍사스의 건조한 날씨 때문에 돌풍이 불었다고만 생각할 뿐이었다.

'그럼 오늘도 재료를 구해 볼까?'

재식은 몬스터 웨이브를 직접 찾아온 자신의 목적을 잊지 않았다.

위기에 처한 헌터들을 한 명, 한 명 구해 주면서도 원래 목적인 희귀 몬스터 혹은 자신에게 도움이 되는 몬스터 위주로 사냥을 하였다.

그웍!

이때 저 멀리서 심상치 않은 괴성이 들렸다.

그 소리에는 엄청난 마력이 담겨 있었는데, 이 정도 마력이 섞인 로어를 터뜨릴 수 있는 몬스터는 최소 6등급 보스밖에 없었다.

'드디어 나타났구나!'

재식은 몬스터의 로어를 듣고 드디어 기다리던 때가 온 것을 깨달았다.

한편, 한참 몬스터와 전투를 벌이던 헌터들은 새롭게 나타난 몬스터가 터뜨린 로어에 몸이 굳어 버려 우왕좌왕하였다.

"억! 몸이 움직이지 않아!"

"제길! 재앙급 몬스터가 나타났다."

오랜 기간 헌터 일을 해 온 베테랑들은 방금 전 들은 몬스터의 괴성이 무엇인지 깨닫고 소리쳤다.

미리 대비를 했다면 이처럼 완벽하게 당하진 않을 것인데, 몬스터와의 전투가 너무나 순조롭게 진행이 되는 바람에 방심을 하고 말았다.

5, 6등급 몬스터로만 구성된 몬스터 웨이브라면 재앙급인 보스 몬스터도 충분히 나타날 가능성이 있었는데, 너무나 안일하게 생각해 버렸다.

우워어억!

재앙급 보스 몬스터가 지른 로어에 몸이 굳어 있던 헌터들은 절망감에 빠져 있었다.

한데 이번에는 조금 전 들은 보스 몬스터의 로어와는 전혀 다른 소리가 들려왔고, 이내 굳어 있던 몸이 풀리는 것을 느낄 수 있었다.

'뭐야!'

"모두 후퇴!"

저 멀리서 전장의 주역인 한국의 S급 헌터가 외치는 소리가 들려왔다.

"어! 몸이 움직인다!"

재식이 지른 워 크라이로 인해 굳었던 몸이 풀리는 것을 느낀 헌터들은 그렇게 자신의 몸이 움직인다는 것을 깨닫고는 얼른 재식이 말한 것처럼 뒤로 후퇴하였다.

이는 사전에 준비가 된 깃으로 가장 먼저 후퇴한 것은 역시나 언제인 길드의 헌터들이었다.

그리고 그들이 빠지는 것을 본 다른 나라의 헌터들도 뒤따라 후퇴를 하였다.

그러면서도 미국의 헌터들은 가장 먼저 후퇴하라는 말을 한 재식의 모습을 확인하려고 고개를 이리저리 돌리며 주변을 살폈다.

그런데 재식을 바라본 이들은 놀라서 눈이 커다랗게 뜨일 수밖에 없었다.

'아니, 후퇴를 하라고 하면서 왜 저 사람은 그냥 남아 있는 거지?'

분명 재앙급 몬스터가 터뜨리는 로어를 들었다.

그들이 생각하기에는 아무리 S급 헌터라도 혼자서 재앙급 몬스터를 상대하는 건 있을 수 없는 일이었다.

그러다 보니 그냥 혼자 자리에 남아 있는 재식을 의아한 표정으로 보았다.

'모두 빠져나갔군.'

재식은 잠시 주변을 살폈다.

헌터들이 모두 퇴각한 탓에 주변은 휑하니 넓은 공간이 만들어져 있었다.

공간이 확보된 것을 확인한 재식은 다시 고개를 돌려 조금 전 로어가 들린 방향을 돌아보았다.

저 멀리 몬스터들의 뒤쪽에서 먼지구름이 피어오르는 것이 눈에 들어왔다.

'저기 오는군.'

재식은 너무 멀리 떨어져 육안으로 확인되지 않자, 곧장 시력을 강화시키는 마법을 시전했다.

그런 재식의 눈에 코뿔소 같은 두터운 껍질로 둘러싸인 몬스터가 보였다.

몬스터의 머리에는 두 개의 꼬인 뿔이 솟아 있었고, 목에서부터 꼬리까지 돌기인지 뿔인지 알 수 없는 것이 돋아나 있었다.

더욱이 꼬리 끝에는 거대한 워 해머를 보는 것 같은 돌기가 돋아나 있어 그것에 한 번 맞으면 웬만한 크기의 빌딩은 단번에 무너질 것만 같았다.

하지만 그러한 몬스터의 모습에도 불구하고, 재식의 눈에는 흥미로운, 아니, 먹음직스러운 만찬을 보는 듯한 눈빛으로 번들거렸다.

"별미가 도착했네."

그렇게 중얼거린 재식은 전투가 벌어진 현장으로 뛰어가 몬스터의 몸에 꽂힌 창을 움켜쥐었다.

스윽—

몬스터의 몸에 깊게 박혀 있던 창은 재식이 힘을 주자 너무나 쉽게 뽑혔다.

"활성화."

재식은 창 자루를 잡고는 작게 중얼거렸다.

그러자 창의 자루 끝에 박혀 있던 마정석 중 하나가 반짝였다.

자루에는 다섯 개의 작은 마정석이 박혀 있었는데, 그중 세 개의 마정석이 에너지를 모두 소비해 색깔이 뿌옇게 흐려져 있었다.

대신 네 번째 마정석이 재식의 주문에 반짝이며 반응하였고, 그와 함께 창두의 끝 창촉에 푸른빛이 맺혔다.

창에 걸어 둔 샤프니스 마법이 활성화된 것이었다.

이를 확인한 재식은 이번에는 자신의 팔에 마법을 시전했다.

"스트랭스!"

근력 마법을 시전하고는 저 멀리 먼지구름을 피워 올리며 달려오고 있는 재앙급 몬스터에게 던졌다.

"타깃 온! 가이드 샷!"

스트랭스에 이어 재식은 창을 재앙급 몬스터를 향해 던지면서 또다시 마법을 걸었다.

목표 지정 마법으로 절대로 피할 수 없게 만드는 원거리 마법이었다.

쾅!

슈슈슈슈슝!

순식간에 재식이 던진 창은 음속을 넘었고, 공기층을 돌파해 충격파를 일으키며 몬스터에게로 날아갔다.

9. 대지의 용 타르쿠스

대지의 용 타르쿠스는 자신을 억압하던 힘이 풀리는 순간, 어디론가 빨려들어 가는 느낌이 들었다.

정신을 잃지 않기 위해 몸 안에 있는 마력을 총동원하여 버텨 보았지만, 거대한 힘을 느끼는 동시에 의식이 끊겼다.

"······."

언제 정신을 잃었는지 그도 알지 못했지만, 의식을 차려 보니 주변에 평소에는 곁에 다가오지도 못하던 몬스터들이 우글우글하였다.

그런데 얼마 지나지 않아 머릿속으로 이상한 목소리가 들려오기 시작했다.

'몬스터들을 지휘하여 인간들을 죽여라! 죽여라! 죽여라!'

목소리는 칸트라에서 사라진 인간들을 죽이라는 말만 되풀이 하였다.

마치 자신을 세뇌라도 하려는 것인지 그 목소리는 끊임없이 반복만 하고 있었다.

'어처구니가 없군……'

비록 가장 능력이 떨어지는 대지족이라 하지만 자신은 용이었다.

다른 용족들이 대지족을 비하하기 위해 비슷한 속성을 가진 어스 드레이크라 부르지만, 그놈들은 용이라 불리는 존재가 아니었다.

그럼에도 자신들을 놀리는 다른 용족들에게 항의를 하지 못하는 이유는 대지족의 능력이 다른 용들에 비해 실제로 한참이나 떨어지기 때문이었다.

만약 다른 용족처럼 날개를 가지고 있다면 어떨까 하는 상상을 자주했지만, 대지족이 날개를 달고 있는 것도 웃긴 일이었다.

타르쿠스는 이 모든 일이 날개가 없기 때문이 아니라 힘이 없기에 그런 비하를 겪는 것이라고 생각했기 때문이다.

그래서 타르쿠스는 여느 대지족 용들과 다른 행보를 하였다.

대신 자신의 속성에 맞는 마력을 키우기로 말이다.

그렇게 힘을 키우다 보니, 용들의 지배자인 앙칼리우로스의 눈에 뛰어 그의 수족이 될 수 있었다.

그리고 그의 명을 따라 이계로 와 조금 전 정신을 차렸다.

'그렇군. 앙칼리우로스님의 명령이었구나.'

조금 전 자신의 정신을 흔들던 목소리의 주인공이 누구인지 깨달은 타르쿠스는 로어를 터뜨렸다.

크아아아!

타르쿠스가 터뜨린 로어에는 인간들을 죽이라는 뜻이 고스란히 담겨, 차원 게이트를 빠져나오고 있는 몬스터들에게 전달되었다.

쿠오오!

몬스터들은 응답이라도 하듯 고개를 들고 로어를 터뜨렸다.

* * *

얼마를 달렸을까 대지의 용, 타르쿠스의 눈에 거대하게 갈라진 땅이 보였다.

네 개의 선이 두 개씩 교차되어 일정한 폭으로 땅에 깊게 새겨져 있었다.

그런데 그것은 단순한 흔적이 아니었다.

그 주변에는 몬스터의 시체와 흘러나온 피가 흥건하게 대지를 적시고 있었다.

크륵!

[이곳에도 강자가 있군!]

타르쿠스는 땅 위에 남겨진 흔적을 보면서 자신이 도착한 이계에도 강자가 있음을 깨달았다.

하지만 그는 별달리 걱정을 하지 않았다.

그도 그럴 것이, 인솔하고 있는 몬스터들이 나름 쓸 만하기는 하지만 자신과 비교하면 별것 아니기 때문이었다.

아니, 오히려 흔적을 보고는 전투의 의지가 강렬하게 피어올랐다.

쿠어어워!

지금까지는 다르게 몸 안에 있는 마력을 쥐어짜 로어를 터뜨렸다.

저 멀리 떨어져 있는 적에게 자신의 존재를 알리기 위해서다.

강자와의 싸움은 언제나 자신을 성장시켰기에 타르쿠스는 상대가 로어를 듣고 다가와 주기를 바랐다.

그런데 조금 뒤, 강한 적과 전투를 벌일 생각에 기뻐 지른 타르쿠스의 로어는 진격을 하고 있던 몬스터 군단에 큰 영향을 끼쳤다.

단순하게 멀리 있는 적들에게만 영향을 준 것이 아니라 주변에 있던 몬스터들에게도 거대한 두려움을 가져다준 것이었다.

그 때문에 일부 약한 몬스터는 조금 전 타르쿠스의 마력이 담긴 로어로 인해 달리던 걸음을 멈추고 제자리에 주저앉아 벌벌 떨었다.

그로 인해 몬스터 웨이브에 부분 정체가 발생을 하였다.

그렇지만 타르쿠스는 이에 아랑곳하지 않고 저 멀리 자신의 대적자가 있을 것으로 짐작되는 곳으로 보다 빠르게 달렸다.

다다다다.

바로 그때.

쉬이익!

퍼억!

큭!

가장 먼저 타르쿠스를 맞은 것은 재식이 던진 창이었다.

날카로운 소성을 내며 대기를 가르던 창은 음속을 돌파하는 속도로 타르쿠스의 신체를 덮고 있던 에너지 실드를 파괴하고 가죽에 박혔다.

여느 몬스터 같았으면 그 한 방에 치명상을 입거나 죽었을 것이지만, 아무리 약해도 용은 용인지라 별다른 대미지를 주지 못했다.

더욱이 창에 걸린 냉기 속성의 마법도 일반 몬스터에게는 잘 먹혔지만, 원체 마력 저항력이 뛰어난 용족이기에 별다른 피해를 입히지 못했다.

하지만 재식의 공격은 그것 한 번으로 그치지 않았다.

슈슈슈!

재식은 타르쿠스의 존재를 확인하자마자, 주변에 떨어져 있는 창들을 쉴 새 없이 마법을 활성화하여 던졌다.

당연히 창에는 가이드 마법이 걸려 있어 단 하나도 빗나가지 않고 타르쿠스의 몸에 틀어박혔다.

그렇게 십여 발을 맞추니 타르쿠스의 돌진도 멈췄다.

쿠오오오오!

단단한 자신의 가죽을 뚫고 대미지를 준 적에게 타르쿠스는 크게 울부짖었다.

직접적인 전투도 아니고 이렇게 일방적으로 멀리서 당하자 화가 난 것이다.

"하압!"

타르쿠스가 화가 나 로어를 터뜨리자, 재식도 마주 워 크라이를 질렀다.

이는 아직도 안전거리 밖으로 벗어나지 못한 헌터들이 타르쿠스의 로어에 영향을 받아 걸음이 느려지는 것이 눈에 보이기에 그것을 해소하기 위한 것이었다.

그런 재식의 대항에 타르쿠스의 눈이 반짝였다.

다른 인간들에 비해 배는 거대한 크기의 존재는 마치 전승으로만 전해지는 거인 전사를 보는 듯했다.

칸트라 차원에서 중간계의 패권을 두고 용들과 마지막까지 싸운 강인한 전사들의 이야기를 타르쿠스는 알고 있었다.

저 멀리 홀로 전장에 남아 자신의 로어에 대항을 한 커다란 인간을 보며 그 이야기가 돌연 떠올랐다.

[이계의 전사여, 너의 이름이 무엇이냐!]

타르쿠스는 한참이나 작은 크기의 적이지만, 그에게서 자신에 못지않은 힘이 느껴지자 이름을 물었다.

전투에 들어가기 전 적에 대한 경의를 표하고 싶었기 때문이다.

그런 타르쿠스의 질문에 재식은 움찔했다.

재앙급 몬스터들이 지능이 높다는 것을 알고 있었지만, 이렇게 싸움을 하기 전 이름을 물어볼 줄은 상상도 못했다.

[친우여! 조심해라!]

재식은 느닷없이 말을 걸어오는 대지의 최상급 정령 다리오의 목소리에 깜짝 놀랐다.

자신이 소환을 하지 않을 때는 좀처럼 먼저 말을 거는 적이 없던 정령이다.

그런데 갑자기 다리오가 조심을 하라는 말에 놀라 물었다.

'다리오, 무엇을 조심하라는 거지?'

갑자기 나타나 자신에게 조심하라며 주의를 주는 다리오의 말에 무엇을 조심해야 하는지 물었다.

[저자는 대지의 용족 중 유일하게 흑룡왕의 수족으로 들어간 존재.]

다리오는 타르쿠스에 대해 자신이 알고 있는 이야기를 자세히 들려주었다.

[다른 용들이 그를 어스 드레이크와 비슷한 존재라 폄하하기는 하지만 타르쿠스는 중간계의 지배자인 흑룡왕 앙칼리우로스의 수족이 될 정도로 강력한 존잴세. 특히…….]

이후 그가 한 말은 타르쿠스의 관한 상세한 설명이었다.

날개가 없어 다른 용족들에 비해 전투력이 약하고 둔해 비슷한 용족인 어스 드레이크의 친척이라 놀림을 당하는 대지의 용.

한데도 타르쿠스는 흑룡왕의 수족이 될 정도로 강한 존재라는 것이었다.

그리고 태생적으로 대지의 속성을 가지고 태어나기에 대지 속성 마법은 다른 어느 용족에 비해 뛰어나다고 했다.

이러한 다리오의 설명에 재식은 처음 타르쿠스에게서 느낀 마력을 보고 쉽게 생각한 것을 고쳐먹었다.

[타르쿠스를 상대하려면 셀레스트를 소환해서 싸우는 게 도움이 될 것이네.]

"그래? 고맙다 다리오."

[그대는 내 계약지이지 않은가. 당연한 일이지.]

다리오는 이야기를 마치고는 다시 정령계로 사라졌다.

그런 다리오의 경고에 재식은 각각의 속성에 대해 생각했다.

불 속성보다는 수 속성이 유리하고, 수 속성보다는 대지 속성이 유리하며, 대지 속성보다는 바람 속성이 유리하다.

그러니 대지 속성을 타고난 타르쿠스를 상대하기 위해선 최상급 바람의 정령인 셀레스트의 도움을 받아 싸우는 것이 훨씬 유리할 것이 분명했다.

재식은 다리오의 조언을 듣기는 했지만, 일단 셀레스트의 도움이 아닌 자신의 능력만으로 타르쿠스를 상대해 보고 싶었다.

그리고 이런 생각을 하는 것에는 이유가 있었다.

그것은 아무리 생각을 해 보아도 타르쿠스에게서 느껴지는 마력의 크기가 자신과 별 차이가 없다는 점이었다.

아니, 오히려 조금이나마 자신이 우세한 듯했다.

물론 다리오의 조언대로 바람의 최상급 정령인 셀레스트의 도움을 받아 상대한다면 확실하게 승리를 가져올 수 있었다.

하지만 앞으로 자신이 상대해야 할 적은 저기 있는 타르쿠스가 아닌, 보다 더 강력한 존재들이란 것을 재식은 알고 있었다.

그래서 타르쿠스를 상대로 정령의 도움 없이 전투를 치루어 현재 자신의 수준을 확인하려 했다.

자칫 무모해 보일지도 모르는 도전이었지만, 이는 재식에게 반드시 필요한 일이었다.

물론 위기에 처하거나 정확한 자신의 수준을 파악했을 때는 보다 빠르게 전투를 끝내기 위해 셀레스트를 부를 것이지만 말이다.

[이제 준비가 되었나?]

재식은 마법을 이용해 저 멀리 떨어져 있는 타르쿠스에게 말을 걸었다.

[어떻게 이계인이 우리 말을 할 수가 있지?]

타르쿠스는 재식의 말에 깜짝 놀라며 대답을 하였다.

[그게 중요한가? 어차피 우린 생사를 두고 싸움을 벌여야 할 상대인데 말이야.]

재식은 한껏 여유를 가지고 이야기를 하였다.

그런데 이렇게 재식이 타르쿠스에게 말을 거는 이유는 조금이라도 헌터들이 전장에서 멀리 벗어날 시간을 벌어 주기 위해서다.

"좀 더 전선을 뒤로 물려. 아니, 아예 10㎞정도 뒤로 후퇴해."

재식은 헌터 브레슬릿에 들어 있는 통신 기능을 이용해 헌터들에게 아예 10㎞뒤로 전선을 물리라 하였다.

[그게 무슨 소립니까? 그렇게 했다가 조금만 더 밀리면 휴스턴까지 몬스터들에게 점령당할 겁니다.]

하지만 재식의 경고에도 불구하고, 지휘 본부에서 날아온 전문은 거부였다.

그렇지만 재식은 그들과 타협을 할 시간이 없었다.

"저기 앞에 있는 것은 지금까지 나타난 재앙급 몬스터와는 강함의 격이 다른 존재입니다. 자칫 헌터들이 전멸할 수도 있습니다."

재식은 재차 경고를 하며 헌터들을 뒤로 물릴 것을 말했다.

"그리고 휴스턴에는 이미 철수 명령이 떨어져 있지 않습니까."

재식이 전선을 더 물리라고 하는 것에는 이러한 사정을 알기 때문이다.

비록 대도시인 휴스턴 밖으로 나가는 것이 시민들에게 위험한 일이 될 수도 있지만 지금 상태에서는 어쩔 도리가 없었다.

일반인들은 일부 헌터들과 군인들의 보호를 받아 휴스턴 외각으로 피난을 가고, 몬스터 웨이브를 막기 위해 전선을 꾸린 헌터들은 휴스턴 입구 쪽으로 전선을 옮기는 것이 최선이었다.

그것이 최대한 물적 피해를 줄일 수 있는 방법이었다.

그렇게 방어만 한다면 나머지는 자신이 어떻게든 할 수 있으니 말이다.

[…알겠다. 그런데 정말로 조금 전에 나타난 몬스터가 기존의 재앙급 이상의 몬스터란 것이 사실인가?]

지휘 본부에서는 재식의 말이 사실인지 되물었다.

"그렇습니다. 에너지 측정기로 측정을 해 보면 내 말이 무슨 뜻인지 알 수 있을 겁니다."

몬스터의 위험 등급이나 차원 게이트의 등급을 측정하는 에너지 측정기가 그들에게도 있을 것은 분명했다.

하니 이러한 언급을 하면, 그것만큼 지휘 본부에 있는 사람들을 설득하기 편한 장치가 없다는 것을 떠올린 것이었다.

[알겠다. 일단 헌터들을 뒤로 물리겠다. 그런데 혼자서 그것을 상대할 수 있겠나?]

지휘 본부에서 이번에는 재식의 역량에 대해 물었다.

"충분히 가능합니다. 그러니 제가 안심하고 몬스터를 상대할 수 있게 해 주십시오. 반드시 헌터들이 전투 범위 내로 접근하지 않게 잘 통제해 주셔야 합니다."

[알겠다. 바로 시행하겠다.]

얼마 지나지 않아 전체 통신으로 음성이 들려왔다.

[모든 헌터들은 지금 즉시 전선에서 10㎞ 밖으로 물러나라.]

이에 지휘 본부에서는 헌터 브레슬릿을 통해 전선을 뒤로 물렸다.

그러면서 재식의 전투를 지켜보기 위해 무인 드론과 인공위성 등, 이용할 수 있는 모든 장비들을 이용해 현장을 관찰하기 시작했다.

*　　　*　　　*

대지 용 타르쿠스와 재식의 싸움이 시작되었다.

30m에 이르는 용이라고 하기 보단 코뿔소와 악어를 섞어 놓은 듯한 형태를 한 고대의 공룡 안킬로사우루스를 닮아 있는 타르쿠스.

그러나 이에 맞서는 재식의 크기는 상대적으로 너무나 작았다.

그도 분명 3.8m에 이르는 엄청난 신장을 가지고 있다.

하지만 그렇다고 해서 30m에 이르는 길이에 높이만 12m에 이르는 타르쿠스에 비교할 수는 없었다.

그 때문인지 이를 지켜보는 사람들의 눈에는 불안감이 짙어졌다.

도저히 상대가 안 돼 보였기 때문이다.

쿠아아아아—

타르쿠스는 자신에게 선공을 한 재식에게 앙갚음을 하려는 듯, 시작부터 자신의 최강의 공격인 브레스를 쏟아 냈다.

사막의 모래바람을 연상시키는 단단한 돌가루가 포함이 된 타르쿠스의 브레스는 강한 물리력과 함께 재식을 향해 밀려들었다.

꾸구궁!

퍽, 퍽, 퍽!

하지만 타르쿠스의 브레스 공격은 재식에게 어떤 피해도 주지 못했다.

그도 그럴 것이, 아무리 강력한 공격이라도 맞지 않으면 아무런 대미지를 입지 않기 때문이었다.

이미 어스 드레이크인 오마르와 전투를 치러 본 경험이 있는 재식은 더욱 강력한 브레스를 가지고 있는 타르쿠스의 공격을 침착하게 피할 수 있었다.

만약 재식이 어스 드레이크인 오마르와 전투를 치러 본 경험이 없었다면, 자신의 능력을 과신해 마법으로 방어를 하려고 했을 것이다.

그렇게 회피가 아닌 직접 힘으로 부딪히며 맞섰다면 아무리 재식이라도 대미지를 입었을 것이 분명했다.

하지만 경험을 살린 재식의 대응으로 인해 타르쿠스의 공격은 수포로 돌아갔다.

한편, 재식을 향해 브레스를 쏘아 낸 타르쿠스는 재식이 아무런 피해를 입지 않고 오히려 자신에게 반격을 하자 깜짝 놀랐다.

재식은 타르쿠스의 브레스를 회피하는 것은 물론이고, 공격을 하는 것 때문에 자신의 모습을 놓친 틈을 파고들었다.

스팟—

퍽!

크윽!

재식은 타르쿠스의 턱밑으로 파고들어 아공간에 넣어둔 자신의 검을 꺼내 목을 찔러 들어갔다.

정확히 빈틈을 파고든 공격이었지만, 지금까지 상대한 5, 6등급의 몬스터와는 다르게 그리 큰 대미지를 주지 못했다.

타르쿠스의 목은 두터운 갑주로 둘러싸여 있어 빈틈을 파고든 공격임에도 큰 재미를 보지 못한 것이었다.

"상당히 단단하네."

[크으으윽, 이놈!]

자신의 공격이 별다른 피해를 주지 못했지만, 재식은 실망하지 않고 계속해서 타르쿠스의 발밑을 돌아다니며 빈틈을 공격하였다.

퍼퍽!

쿵, 쿵!

재식이 자신의 발밑에서 알짱거리며 공격을 하자 타르쿠스가 발을 굴렀다.

물론 재식의 공격에 별다른 대미지를 입지는 않았지만, 그렇다고 아예 피해가 없는 것은 아니기 때문이었다.

하여 어떻게 해서든 재식을 떼어 놓기 위해 발을 굴러 귀찮은 벌레를 밟아 죽이려 하였다.

"윽, 이런."

타르쿠스의 동작은 덩치에 비해 무척이나 신속했다.

휘익—

공격은 비단 밟기뿐만이 아니었다.

꼬리 끝에 달린 메이스나 워 해머와 같이 뭉툭하게 생긴 혹을 휘둘러 변칙적인 공격을 했다.

처음에는 쉽게 피할 수 있었지만, 여러 공격이 한꺼번에 들이닥치면서 힘들어지기 시작했다.

쿵쿵!

휘익—

그때, 순식간에 공격이 동시에 들어왔고, 재식은 밟기 공격을 피하려다가 꼬리에 맞을 뻔하였다.

무식하게 생긴 꼬리에 맞으면 스쳐도 중상일 것이 분명했다.

"이런! 스피어 소환!"

재식은 들고 있는 5m에 이르는 그레이트 소드를 아공간에 집어넣고 다시 다른 무기를 소환했다.

이번에 나온 무기는 그레이트 소드와 비슷한 크기의 검은색 창이었다.

다만, 전투를 시작하기 전에 던진 것과는 달랐다.

크기만 크지 일반적인 창의 모습.

그래도 특이한 점을 꼽자면 찌르기만이 아닌 창날을 이용해 베기가 가능한 형태를 하고 있다는 것이다.

"샤프니스! 프로즌 블레이드!"

재식은 창을 소환한 뒤, 날에다가 두 가지 마법을 걸었다.

창날을 더욱 날카롭게 해 주는 샤프니스 마법에 냉기 속성을 담아 공격력을 높였다.

획— 획—

창은 바람을 가르는 날카로운 소성을 내며 타르쿠스의 갑주 틈을 정확히 파고들었다.

푹— 푹—

그레이트 소드를 휘두를 때와는 완전히 다른 양상이 만들어졌다.

무기에 같은 속성의 마법을 인첸트 하였지만, 그레이트 소드와 창은 그 공격 방식부터 다르기에 적용된 효과도 달랐다.

그레이트 소드가 그 엄청난 크기와 육중한 무게로 대상을 절단을 한다면, 창은 일점에 힘을 집중하여 찌르는 것이 주요한 공격 방법이었다.

그러한 차이 때문에 그레이트 소드로 이루지 못한 성과를 창으로는 이룰 수 있었다.

재식은 계속해서 빈틈을 찔러 타르쿠스의 몸 깊은 곳에 상처를 입혔다.

크아악!

조금 전의 공격과 다르게 이번 공격은 타르쿠스에게 대미지를 제대로 입힐 수 있었다.

1m에 이르는 창날에 깊게 박고, 프로즌 블레이드 마법으로 내부까지 냉기로 피해를 주니 타르쿠스는 고통에 찬 비명을 질렀다.

전투 전에 던진 창에도 같은 프로즌 블레이드가 걸려 있었다.

하지만 마정석의 에너지를 이용해 마법진으로 인첸트해 만들어진 것과 마법사인 재식이 직접 마력을 사용해 만든 마법은 그 위력부터 달랐다.

그 때문인지 타르쿠스는 이전과는 달리 고통에 찬 비명을 지르며 발광을 하였다.

지금까지 수많은 적과 싸움을 벌였지만, 이렇게 몸 내부에까지 대미지를 입은 적이 별로 없었다.

그렇기에 지금 상처에서 느껴지는 고통은 이루 말할 수가 없었다.

더욱이 하찮게 생각한 상대에게 방심을 하여 얻은 상처이다 보니, 육체보다 자존심을 다친 것이 더욱 고통스러웠다.

[이런 벌레 같은 것이… 죽여 버리겠다!]

[할 수 있다면 해 봐.]

[이, 이놈! 크아아아!]

재식이 비웃는 것처럼 말하자 타르쿠스가 더욱 분노해 소리쳤다.

타르쿠스가 그렇게 화를 내며 죽일 듯 밀어붙였다.

하지만 급해진 그와는 다르게 재식은 여유롭게 상대의 공세를 역이용하기 시작했다.

인간이나 몬스터나 흥분하면 그만큼 빈틈이 많아지는 건 마찬가지였다.

용족인 타르쿠스도 그에서 벗어나지 않았다.

빈틈이 많아진 상대에게 재식은 이번 기회에 많은 것을 실험해 보기로 하였다.

앞으로 자신이 상대해야 할 적은 아직 많았으니, 차라리 잘되었다는 생각을 하며 만약을 위해 준비해 둔 물건들을 하나하나 꺼내 타르쿠스에 펼쳐 보았다.

"해제! 워 엑스 소환!"

들고 있던 창을 아공간에 집어넣고, 이번에는 두터운 갑

각을 가진 몬스터를 상대할 때를 위해 만들어 둔 거대한 양
날 도끼를 꺼냈다.

조금 전 들고 있던 창의 크기보다는 작지만 그래도 이 양
날 도끼도 결코 작은 크기가 아니었다.

자루와 도끼머리를 합친 길이가 무려 4m로 현재 거대해
진 재식의 키보다 컸다.

뿐만 아니라 도끼날의 크기도 무려 3m에 이르렀으며 무
려 350kg에 이르는 엄청난 무게를 가지고 있었다.

통짜 쇠로 만든다면 무게가 더욱 많이 나가겠지만, 재식
은 마력 전달력을 높이기 위해 몬스터의 부속물을 쇠와 합
쳐 새로운 합금을 만들었다.

그러다 보니 그 크기에 비해 가벼워진 것이다.

하나 그럼에도 350kg라는 무게는 만만치 않았고, 재식
의 힘과 합쳐져 전투 도끼의 파괴력은 더욱 강해졌다.

재식은 공격을 피해 몸을 회전하였고, 그 원심력과 들고
있는 도끼의 무게까지 합쳐 타르쿠스의 왼쪽 뒷발의 아킬레
스건을 두들겼다.

쾅!

꾸억!

비록 그 공격에 타르쿠스의 발목이 날아가지는 않았지만,
심각한 부상은 입힐 수 있었다.

공격을 받은 왼쪽 뒷발에서 검붉은 피가 흘러나오기 시작

한 것이다.

재식의 공격에 부상을 당한 타르쿠스는 비명을 지르며 제자리에서 껑충껑충 뛰었다.

이에 공격이 멈추자 재식은 잠시 왼쪽으로 빠져나왔다.

"아직 안 끝났다."

재식은 땅에 떨어지는 타르쿠스의 타이밍에 맞게 다시 한 번 부상을 입은 부위를 공격했다.

퍽!

묵직한 소리가 들리면서 기존의 상처 부위가 더욱 커다랗게 벌어졌다.

[크윽, 리커버리!]

재식의 공격을 받은 곳에서 심상치 않은 고통이 전해지자, 타르쿠스는 급히 마법을 사용해 상처를 치유하였다.

타르쿠스도 용족이긴 한 탓에 마법을 쓰자, 그 심하던 상처가 순식간에 치유되었다.

하지만 재식은 알 수 있었다.

마법으로 상처를 치유하긴 했지만, 타르쿠스에게서 느껴지는 마력의 크기가 약간 줄어들었다는 것을 말이다.

'생각보다 어렵지 않군.'

처음에는 어떻게 상대를 할지 고민이 많았지만, 의외로 타르쿠스를 상대하는 것이 어렵지 않다는 생각이 들었다.

분명 타르쿠스는 2년 전 상대한 어스 드레이크보다 강한 몬스터가 맞았다.

그렇지만 그때의 자신과 지금의 자신은 달랐다.

상대해야 할 석이 강해진 것은 맞지만, 자신 역시 이전보다 성장했다.

게다가 시간이 흐르면서 알고 있던 능력들을 완숙의 경지로 끌어 올릴 수 있었다.

어스 드레이크 오마르를 상대할 때까지만 해도 알고 있는 것은 많았지만, 숙련도가 떨어져 제대로 능력을 사용할 수 없는 상태였다.

하지만 이제는 달랐다.

보유하고 있는 마력의 양이 하늘과 땅 차이만큼이나 변했고, 챠콥 때문에 알게 된 마법도 이제는 완벽하게 다룰 수 있게 되었다.

그리고 가장 중요한 재식의 육체 능력은 그동안 많은 유전자를 획득하여 몬스터 이상으로 강인해졌다.

그러다 보니 기존의 재앙급 이상의 몬스터인 타르쿠스를 상대하면서도 전혀 밀리는 감이 없었다.

사실 아무리 재식이 마력의 크기가 타르쿠스보다 많다고 해도 이건 무리가 맞았다.

일단 타고난 신체의 차이가 극명하기 때문이다.

아무리 출력이 높은 스포츠카라 해도 덤프트럭과 충돌을 하면 박살 나는 쪽이 어디일지는 명백한 일이었다.

하지만 스포츠카의 차체와 프레임을 전차같이 만든다면 결과는 달라질 것이 불 보듯 빤한 일이었다.

전차와 같은 차체를 사용한 스포츠카 쪽이 훨씬 단단하기에 박살 나는 쪽은 덤프트럭이 될 것이었다.

지금 재식과 타르쿠스의 차이가 바로 그것과 같았다.

재식은 기본 신체 능력이 용인 타르쿠스에 비해 열세이기는 하지만, 그 내구력은 방탄 장갑을 두른 스포츠카처럼 단단했다.

여러 몬스터들의 유전자와 마력 그리고 마법으로 강화한 상태의 재식은 굳이 정령의 도움을 받지 않아도 타르쿠스를 상대하는데 전혀 부족함이 없었다.

그것을 증명이라도 하듯 재식은 계속해서 아공간에 있는 무기와 손에 들고 있는 무기를 적절히 교체하면서 차근차근 타르쿠스에게 대미지를 주었다.

물론 타르쿠스도 가만히 당하고만 있지는 않았다.

간간이 생각지 못한 방향에서 꼬리 공격을 한다거나 대지 속성의 마법을 이용해서 재식을 위기에 몰아넣기도 했다.

그렇지만 생존을 위해 자신보다 강하거나 덩치가 큰 적과 무수히 많은 전투를 치른 경험이 있는 재식은 강했다.

물론 타르쿠스가 앙칼리우로스의 수족이 되기 위해 갖은 고난을 극복하고, 그 자리에 오르기까지 많은 전투를 벌이긴 했다.

하지만 그건 오래전의 일이었다.

게다가 또 재식과 같이 강하면서도 자신보다 작은 상대와 전투를 치러본 적이 없었다.

그러한 경험의 부족으로 인해 전투의 결과는 판가름이 났다.

시간이 지날수록 타르쿠스의 몸에는 상처가 늘어 갔기 때문이다.

아무리 마법을 이용해 상처를 치료한다고 하지만, 그것에는 한계가 분명히 있었다.

그게 아니라 하더라도 계속해서 마법으로 치료를 할 수는 없었다.

그럴수록 싸여 있는 마력이 소모되기 때문이다.

크아아!

타르쿠스는 도저히 지금의 현실을 받아들일 수가 없었다.

자신이 이계의 인간에게 지고 있다니.

비록 앙칼리우로스의 수족 중 서열이 낮다고는 하지만, 자신은 생명체 중 가장 최상위에 존재하는 용족이었다.

비록 날개 달린 용족에 비해 약하다고는 하지만 이를 극복하고 지금의 위치에 올랐다.

그런데 같은 용족도 아니고 마계의 마족들도 아닌, 일개 인간에게 밀리고 있다.

정말이지 미치고 팔짝 뛸 일이었다.

하지만 그가 어떻게 생각하든 이게 현실이었다.

아무리 발버둥을 쳐 봐야 현실은 바뀌지 않았다.

이에 타르쿠스는 자존심을 버리기로 했다.

다른 때 같았으면 끝까지 혼자 싸우겠지만, 자신을 이계로 보낸 앙칼리우로스의 명령은 이게 아니었다.

인간들을 죽이고 그 땅을 앙칼리우로스가 강림할 수 있게 만들라는 것이 주 목적.

그러니 지금은 자신의 자존심을 세울 때가 아니었다.

상대가 일대일을 계속할 것이라 착각하고 있을 때, 몬스터들을 이용해 인간들을 몰아쳐야 했다.

[크아아! 모두 몰아쳐 인간들을 죽여라!]

타르쿠스의 입에서 커다란 로어가 터졌고, 이에 뒤에 물러 있던 몬스터들이 일제히 움직이기 시작했다.

크아아아아!

우어어어!

＊　　　＊　　　＊

한편, 타르쿠스를 상대하던 재식은 갑자기 분위기가 바뀌는 것을 느꼈다.

상대가 계속해서 몰아치던 것을 멈추고 살짝 몸을 사린다는 느낌을 받고는 뭔가 꿍꿍이를 숨긴다는 것을 알아챈 것이다.

'이놈이 뭔가 꾸미는구나!'

아니나 다를까. 자신을 상대하던 타르쿠스가 갑자기 공격을 멈추고 고개를 쳐들더니 이내 로어를 터뜨렸다.

크아아!

꾸어!

쿠어!

뒤로 물러나 있던 몬스터들이 일제히 하울링을 터뜨렸다.

로어와는 다르게 약간 낮은 소리였는데, 마치 타르쿠스의 명령에 호응을 하듯 소리를 지르고 있었다.

"몬스터 웨이브가 다시 시작된다! 모두 대비를 해라!"

재식은 헌터 브레슬릿을 이용해 휴스턴 입구에 대기를 하고 있는 헌터들에게 경고를 하였다.

그러면서 고민할 것도 없이 대지의 최상급 정령 다리오를 소환했다.

"다리오 소환."

[불렀나, 친구.]

"다리오, 내 뒤로 깊게 골짜기를 파 줘."

재식은 몬스터 웨이브를 방해하기 위해 깊게 땅을 파 줄 것을 부탁했다.

[네 정령력이 상당히 많이 소모될 것이다.]

다리오는 재식의 부탁을 듣고는 고개를 저으며 경고를 하였다.

"상관없어. 몬스터들의 발을 조금만 묶어 두면 돼."

[그럼 알겠다. 후우······.]

다리오는 그렇게 말을 하고 입에 정령력을 집중시켰다.

재식의 생각을 읽고는 땅에 빠르게 흔적을 남기기 위해 브레스를 선택한 것이었다.

후우—

대지의 최상급 정령인 다리오의 입에서 브레스가 쏟아졌다.

밝은 황금색을 띤 빛은 재식의 뒤편으로 깊은 골짜기를 만들었다.

폭 30m에 깊이 30m의 길이가 1㎞넘었다.

아무리 몬스터라고 하지만 쉽게 넘을 수 없는 깊이와 넓이를 가진 골짜기가 한순간에 만들어진 것이다.

[이놈!]

다리오가 만들어 놓은 대지의 흔적을 본 타르쿠스는 재식을 보며 노성을 터뜨렸다.

지금 나타난 정령을 누가 소환했는지 깨달은 것이다.

10. 재식의 각오

드르륵!

쿵!

텔레비전을 통해 헌터들이 몬스터 웨이브를 막아 내고 있는 모습을 지켜보던 수많은 사람들이 불식간에 벌떡 일어났다.

그들이 본 것이 너무나 놀라운 장면이기 때문이었다.

그도 그럴 것이, 방금 전 화면에 나온 모습은 지금까지 한 번도 듣도 보도 못한 일이었다.

아니, 코믹스나 영화 등에서는 많이 등장한 장면이지만, 현실에서는 있을 수 없는 일이었다.

대격변 이후, 영화처럼 마법과 검이 난무하는 일이 많이 벌어지고 있기는 했다.

히지만 지금까지 나온 어떤 특별한 헌터도 5등급 이상으로 분류가 된 몬스터를 손으로 잡아 집어던진 경우는 없었다.

그런데 조금 전 텔레비전을 통해 송출된 화면에서는 그런 믿기 힘든 장면이 나온 것이다.

다른 어떤 이들보다 큰 갑옷을 입은 헌터가 자신을 향해 달려드는 거대한 몬스터를 잡아 다른 몬스터에게 던져 버렸다.

그뿐만이 아니었다.

몬스터를 상대할 때 여느 헌터들처럼 전용 무기를 사용하지 않고, 현장에 있는 모든 것을 활용하는 기염을 토했다.

그의 손에 잡히는 것은 모든 것이 무기가 되었고, 이내 몬스터에게 향했다.

죽은 헌터가 흘린 무기부터 시작해서 몬스터의 부러진 뿔 등, 온갖 것을 이용했다.

그의 손에만 들어가면 모든 물건들이 전설에 나오는 아서왕의 신검 엑스칼리버라도 되는 것마냥 몬스터들을 손쉽게 절단 내 버렸다.

그것까지는 지켜보는 사람들도 그러려니 하고 넘어갈 수

있었다.

다른 헌터가 쓰던 무기도 어차피 사람이 쓰던 무기고, 또 몬스터에게서 떨어져 나온 뿔이나 신체의 일부도 들고 싸우기 적당했기 때문이다.

웅성웅성.

"말도 안 돼!"

"저게 가능한 일이야?"

"젠장, 내가 재대로 보고 있는 거 맞지?"

"저게 사람이야 몬스터야."

하지만 5~10m 크기의 몬스터를 들고 다른 몬스터를 향해 내던지는 모습은 쉽사리 납득할 수가 없었다.

그 때문에 사람들은 순간, 자신들이 실시간 뉴스 중계를 보는 것이 아닌, 코믹스를 실사화한 영화를 보고 있는 것은 아닌가 하는 의심을 할 정도였다.

그도 그럴 것이, 방금 본 장면은 오래전 극장에서 상영된 헐크라는 영화의 주인공을 보는 듯했기 때문이다.

실제로 그 헐크의 주인공도 방금 전에 본 텔레비전 속의 헌터처럼 평범한 사람 크기였다가 분노를 하면 덩치가 엄청나게 커졌다.

*   *   *

사람들이 텔레비전 중계를 보며 놀라고 있을 때, 재식은 정신없이 밀려드는 몬스터들을 상대해야만 했다.

몬스터 웨이브를 중단시키고 마치 중세 기사들이 일대일로 일기토를 하듯 재식과 전투를 벌이던 타르쿠스가 갑자기 소극적으로 변했다.

그러고는 자신이 상당히 불리하다는 것을 알아차렸고, 이내 몸을 뒤로 빼고는 뒤에 있는 다른 몬스터들에게 명령을 내려 다시 몬스터 웨이브를 시작하였기 때문이다.

크워어!

몬스터들은 괴성을 지르며 재식을 향해 달려들었다.

자신들보다 상위 포식자인 타르쿠스의 명령은 죽음의 공포를 주었고, 그 탓에 어쩔 수 없이 그의 명령을 따라야만 했다.

분명 눈앞에 있는 조그만 인간이 강하다는 것을 알면서도 어쩔 도리가 없었다.

몬스터들이 그렇게 재식과 멀리 떨어져 있는 헌터들을 향해 뛰어갔다.

한데 그 사이에는 재식이 있었고, 결국 그를 지나쳐 가려다가 죽는 몬스터들이 상당수 생겨났다.

그런 몬스터들의 모습을 본 재식은 자신을 향해 달려드는 몬스터들을 차근차근 상대했다.

몬스터 웨이브가 또다시 시작되자 자신 혼자서는 그것을

모두 막을 수가 없다는 것을 알아차렸다.

그렇기에 될 수 있으면 헌터들이 상대하기 힘든 몬스터들만큼은 최대한 빠져나가지 못하게 하는 것에 집중했다.

"하압!"

온몸에 마력을 돌리며 들고 있던 창을 휘둘렀다.

헌터들이 상대하기에 버거운 몬스터가 보이면 창을 던져 자신의 뒤로 빠져나가지 못하게 만들었다.

그렇게 창을 던져 빈손이 되었을 때도 재식은 쉬지 않았다.

이번에는 아공간에 있는 또 다른 무기를 꺼내 사용했다.

이번에는 주력 무기인 5m의 그레이트 소드를 사용하지 않았는데, 그것에는 다 이유가 있었다.

그레이트 소드가 강한 파괴력을 가지고 있는 반면 너무나 거대해 빠르게 사용할 수 없다는 단점이 있기 때문이었다.

몬스터와 일대일을 할 때 가장 좋은 무기이지만, 지금처럼 몬스터 웨이브를 맞아 빠르게 전투를 벌여야 할 때는 걸리적거리는 장애물에 지나지 않았다.

그래서 꺼내든 무기가 바로 거의 2m에 달하는 두 자루의 검.

사실 이 검도 일반 헌터들에게는 그레이트 소드라 불릴

정도로 거대했지만, 현재 재식의 키는 3.8m에 이르는 거인이었다.

그런 재식에게 들려진 검은 더 이상 그레이트 소드라 불릴 수가 없었다.

오히려 마치 일반인이 적당한 크기의 검을 든 것과 비슷했다.

"라이프 드레인! 마나 드레인!"

재식은 자신이 든 두 자루의 검에 각각 라이프 드레인과 마나 드레인 마법을 걸었다.

아무리 재식이 드레이크의 심장으로 많은 마력을 가지고 있고, 여러 몬스터의 유전자로 업그레이드가 되어 강인한 체력을 가지고 있다고 해도 무한한 것은 아니었다.

대지의 용 타르쿠스를 상대하는 한편, 한도 끝도 없이 밀려드는 5, 6등급의 몬스터들을 상대하는 것은 힘들 수밖에 없었다.

그래서 조금이라도 체력과 마력을 보충하기 위해 두 마법을 무기에 인첸트한 것이었다.

"스트랭스! 헤이스트!"

근력과 민첩성을 올려 주는 스트랭스와 헤이스트 마법까지 자신의 몸에 건 재식은 빠르게 몬스터들 사이를 돌아다녔다.

팟!

그가 잠깐 멈춰 설 때마다 짧은 잔상을 남기며 이동을 하였고, 이에 몬스터들은 재식을 눈으로 따라가는 것도 힘들 지경에 이르렀다.

퍽!

끄억!

퍽! 퍽!

무언가 타격음이 있을 때마다 몬스터들이 비명을 지르면서 땅바닥에 쓰러졌다.

재식은 그렇게 한 마리씩 쓰러뜨릴 때마다 몬스터를 뒤에서 조종하고 있는 타르쿠스를 쳐다보았다.

[괴물이로군······.]

재식이 전투하는 모습을 지켜보며 타르쿠스는 그렇게 중얼거렸다.

도저히 인간이라고 믿을 수 없는 능력을 보여 주고 있었다.

물론 타르쿠스도 지금 재식이 보여 주는 것 이상으로 몬스터를 몰아붙일 수는 있었다.

하지만 그건 전적으로 자신의 태생 때문에 그러한 것이지, 재식처럼 종을 초월한 능력이 아니었다.

몬스터들은 본능적으로 자신보다 상위 포식자의 마력을 느낀다.

그 때문에 용족인 타르쿠스에게 기를 펴지 못하고 그의

명령을 따르는 것이었다.

그렇지만 재식은 달랐다.

분명 강한 마력을 품고 있는 것은 맞다.

그래서 그조차도 재식을 상대하기 꺼려지는 것 또한 맞는 말이었다.

하지만 몬스터가 자신에게 공포를 느끼듯 인간도 몬스터를 보며 공포를 느끼는 것은 당연한 일이었다.

그런데도 재식은 엄청난 물량의 몬스터들을 상대로 어떤 흔들림도 없었다.

마치 농부가 가을철 곡식을 추수하는 것처럼 몬스터들 사이를 돌아다니며 목숨을 취하고 있었다.

이러한 모습을 지켜보는 타르쿠스는 처음 그를 상대할 때와는 다른 감정을 느끼게 되었다.

'뭐지, 이 떨림은…….'

지금까지 이러한 느낌을 받은 기억이 없었다.

아니, 오래전 흑룡왕과 몇몇 고대의 용들을 마주했을 때 빼고는 자신보다 작은 존재에게 이러한 느낌을 받은 기억이 없다는 게 더 정확한 말이리라.

그래서 그런지 그 느낌이 낯설어 자신의 현재 감정을 정확하게 파악할 수가 없었고, 그 때문에 타르쿠스는 혼란스러워졌다.

퍽!

우직!

재식이 몬스터들을 상대하는 것을 지켜보던 타르쿠스는 순간 자신의 눈을 의심했다.

몬스터가 다른 생명체를 잡아먹는 일은 많이 보았다.

하지만 인간이 몬스터를 상대로 그런다는 것은 타르쿠스가 살아오는 동안 지금까지 단 한 번도 본 적이 없었다.

물론 타르쿠스가 태어나기 훨씬 이전에 칸트라 차원에서 인간은 멸종되었지만, 이들과 흡사한 유사 인종도 많았다.

그렇기에 다른 중간계의 종이나 천계와 마계의 존재들도 인간과 유사 인종 모두를 인간이라 불렀다.

그리고 어떠한 인간종도 몬스터를 사냥하고 먹지 않았다.

그도 그럴 것이, 몬스터의 살이나 피에는 인간들이 감당할 수 없는 강력한 독이 함유되어 있었기 때문이다.

아니, 그것은 독이라기보다는 변형된 마력이라 할 수 있었다.

그러다 보니 몇몇 인간은 몬스터의 피와 살을 정제하여 포션을 만들기도 하지만 그게 전부였다.

그것은 몬스터에게서 나온 부산물을 이용해 필요한 물품을 만드는 정도지 직접 잡아먹지는 않았다.

그런데 방금 전 자신과 싸운 인간이 몬스터를 죽이고 심장을 꺼내 입으로 가져가는 것을 목격한 것이다.

처음에는 자신이 잘못 본 것이라 생각했다.

하지만 앞에 서 있는 인간은 정말로 몬스터를 죽이고 심장을 꺼내 먹었다.

'저놈 정체가 뭐지? 정말 인간이 맞을까?'

타르쿠스는 몬스터의 심장을 꺼내 먹고 있는 재식의 정체를 의심하기 시작했다.

타르쿠스가 본 것처럼 재식은 간간이 죽인 몬스터의 심장을 꺼내 먹었다.

라이프 드레인과 마나 드레인 마법을 인첸트한 두 자루의 검만으로는 줄어든 체력과 마력을 완전히 채울 수 없었기 때문이다.

소모된 기운이 무시할 수 없을 정도가 되면 직접적으로 몬스터의 심장을 꺼내 섭취하면서 그 안에 담긴 생명력과 마정석의 마력을 흡수하는 것이다.

하지만 이런 행동이 그리 썩 좋은 것만은 아니었다.

수많은 몬스터들을 상대하기 위해 어쩔 수 없는 선택을 한 것이지만, 계속해서 이런 행동을 하다가는 언젠가 신체에 무리가 가서 파탄이 날 수도 있었다.

또한 이렇게 직접 몬스터의 심장을 섭취해서 당장 얻을 수 있는 것은 그리 많지 않았다.

라이프 드레인과 마나 드레인 마법으로 정제를 해서 흡수하는 것이 아니기에 몬스터의 살과 핏속에 스며 있는 변형된 마력은 차후 심각한 부작용을 초래할 수도 있었다.

그래서 사실 재식도 초기 마력의 이해가 부족할 때 이후로는 직접 섭취를 하는 것은 지양해 왔다.

그렇지만 현재 상황에서는 어쩔 도리가 없었다.

대격변 이후 현실이 게임과 비슷해진 면이 없잖아 있었다.

하지만 현실은 현실.

게임에서는 플레이어의 체력이 줄어들면 포션을 마시고, 마력이 부족할 때면 마력 포션을 마시면 됐다.

물론 현실에도 게임과 같이 포션과 마력 포션이 있기는 하다.

그리고 던전에서 발견되는 그것들 중 마력 포션은 정말로 게임처럼 마시면 마력이 조금 보충이 되기도 했다.

하지만 체력 포션만큼은 달랐다.

포션을 마신다고 해서 줄어든 체력이 차오르지는 않았다.

부상을 입었을 때 상처에 바르거나 부으면 치료가 되는 외상 치료제이지, 줄어든 체력을 올려 주지는 않는 것이었다.

그러다 보니 재식은 부족한 것을 보충하기 위해 무기에

마법을 걸었고, 그래도 부족하면 몬스터의 심장을 섭취해 보충을 하였다.

사실 이것은 재식만이 가능한 일이었다.

그 이유는 전적으로 몸에 주입받은 몬스터의 유전자 때문이었다.

다른 몬스터도 아닌 몬스터 중 최하급 중에서도 최하급으로 통하는 슬라임의 유전자가 바로 재식의 몸에 들어 있기에 가능한 일.

슬라임도 생명체이기에 생명 활동을 한다.

그리고 이런 생명 활동을 지속하게 하는 방법은 다른 동물이나 몬스터를 잡아먹고 그것을 소화해 필요한 에너지로 변환을 시키는 것이다.

마력이 됐든, 체력이 됐든 말이다.

그렇기에 재식은 인간은 소화시킬 수 없는 몬스터를 잡아먹고 피와 살에서 필요한 에너지를 취할 수 있었다.

하지만 한계는 분명하기에 언제까지 이런 방식으로 체력과 마력을 보충할 수는 없었다.

될 수 있으면 빠른 시간 내에 몬스터의 마력을 갈무리해야만 했다.

"후우! 후우!"

아무리 마법과 직접 섭취를 통해 체력과 마력을 보충하고 있다고는 하지만 재식도 점점 자신의 몸이 지쳐 가고 있음을 느꼈다.

'젠장… 끝이 없네!'

손에 들린 검을 휘두르며 속으로 그렇게 생각을 하였다.

처음 미국에 도착해 몬스터 웨이브를 상대했을 때는 해볼 만하다는 생각을 했다.

실제로도 상당한 성과를 이뤘다.

하지만 몬스터 웨이브는 하루 이틀 만에 끝날 일이 아니었다.

하루에도 몇 천 마리를 잡았지만, 몬스터의 숫자는 줄지 않았다.

브레이크를 일으킨 열 개의 차원 게이트 내에 얼마나 많은 몬스터들이 남아 있을지는 모르겠지만, 잡아도 잡아도 끝이 안 나자, 재식도 슬슬 걱정이 되어 갔다.

그런데 설상가상으로 지금까지 상대한 몬스터와는 강함의 격이 다른 존재가 나타났다.

자신을 대지의 용이라 말한 그놈은 교활하게도 자신과 일대일을 할 것처럼 하더니 위기에 처하자 뒤로 물러나 몬스터들을 움직였다.

사실 재식도 타르쿠스처럼 몸을 빼고 정비를 한 뒤 다시 전투를 벌일 수 있었다.

하지만 자신이 그렇게 했다가는 뒤에 남아 있는 길드원과 헌터들의 생사를 장담할 수가 없었다.

지금까지 자신의 지시대로 잘 따라 준 언체인 길드의 헌터들이 있기에 각국의 힌터들이 그나마 지금까시 버틸 수 있던 것이다.

그런데 자신이 전투에서 빠진다면 결과는 보지 않아도 빤한 것이었다.

그렇기에 재식은 어쩔 수 없이 끝까지 선두에서 몬스터들을 막아 낼 수밖에 없었다.

'안되겠다.'

한참을 그렇게 싸우다가 재식은 자신도 이제는 한계에 다다랐다는 것을 깨닫고 몸을 빼야 할 때임을 깨달았다.

"나도 한계에 다다랐다. 헌터들은 더 이상 전투에 참여하지 말고 전장에서 벗어나 방어선 뒤로 후퇴를 해!"

재식은 몬스터 웨이브가 다시 재계가 되자, 전투를 벌이고 있는 헌터들에게 무전을 날렸다.

"몬스터는 잠깐 내가 묶어둘 터이니, 그때 몸을 빼도록."

그렇게 헌터들에게 경고를 한 재식은 심장에 있는 마법진을 최대한 운용하였다.

마력을 집중해 몬스터들 속에서 폭발을 시키려는 것이었다.

우웅─

재식이 어스 드레이크 오마르의 마나 하트를 이용해 업그
레이드한 마법진을 최대한 운용했다.

그러자 심장에서 흘러나온 마력으로 인해 주변의 대기가
흔들렸다.

이에 가장 먼저 이상함을 느낀 것은 대지의 용 타르쿠스
였다.

크르릉!

[모두 물러나라!]

타르쿠스는 몬스터들에게 명령을 내리고는 가장 먼저 뒤
로 후퇴하였다.

그렇게 몬스터들에게 경고를 한 직후, 재식은 모은 마력
을 풀며 마법을 시전했다.

"링 버스터!"

자신이 알고 있는 마법 중 손에 꼽을 수 있는 범위 마법.

바로 링 버스터를 시전했다.

이름에서도 알 수 있듯 마력을 고리 모양의 화염 장벽을
만들어 폭발시키는 마법이었다.

잔잔한 호수에 돌을 던지면 파문이 일며 넓게 퍼지는 것
처럼 자신을 기점으로 하여 일대를 휩쓴다.

이때 마법의 파괴력은 전적으로 마법에 담긴 마력으로 결
정이 되는데, 재식은 이 마법에 심장이 담고 있던 마력 거
의 대부분을 사용했다.

꽈과광!

끄아악!

두두두두.

재식이 시전한 링 버스터가 폭발하고 이에 놀란 몬스터들이 마법의 범위에서 벗어나기 위해 사방으로 뛰쳐나갔다.

＊　　　＊　　　＊

"우욱!"

쿨럭! 쿨럭!

마력을 집중해 최후의 마법을 시전하고 몬스터들 속에서 도망쳐 온 재식은 집결지에 도착을 하고 자리에 주저앉아 한 차례 피를 쏟아 냈다.

"길드장님!"

"oh, shit!"

혼자서 몇 백 명의 헌터도 하지 못할 일을 해낸 헌터가 피를 쏟고 쓰러지는 모습에 언체인 길드의 길드원들은 물론이고, 재식 때문에 목숨을 부지한 헌터들까지 일제히 주변으로 달려와 걱정스러운 눈빛으로 쳐다보았다.

"뭣들 하고 있는 거야! 어서 옮기지 않고!"

놀란 탓에 피를 쏟고 쓰러진 재식을 가만히 지켜만 보고 있는 헌터들을 헤치고 다가온 조나단 쿠퍼는 자신의 뒤에 있는 군인들에게 손짓을 하였다.

"어서 의무실로 옮겨!"

다른 헌터들이 공황 상태에 빠져 있을 때 조나단만이 침착하게 재식을 의무실로 옮기도록 지시를 내렸다.

"정재식 헌터가 회복될 때까지 이곳을 지켜 주시기 바랍니다."

군인들에 의해 어디론가 옮겨지는 재식의 모습을 지켜보는 언체인 길드원들에게 조나단은 급히 인사를 하고 군인들이 이동한 곳으로 빠르게 달려갔다.

타타타타.

"뭐야! 어서 각자 맡은 구역으로 이동해!

"움직여!"

방어진지 책임자인 조나단이 사라지고 현장에 있던 지휘자가 나서서 헌터들에게 지시를 내렸다.

몬스터들을 압도하던 재식이 부상으로 인해 전선에서 이탈을 한 상태.

그 탓에 이후 상황이 어떻게 변할 알 수 없지만, 헌터들은 재식이 없더라도 이곳을 지켜야만 했다.

그가 돌아올 것을 굳건히 믿고서……

*　　　*　　　*

쿠우! 쿠우!

띠! 띠!

커다란 수조 안에 산소마스크를 쓴 재식이 있었다.

재식이 들어가 있는 수조는 최신형 회복 캡슐이었는데, 사실 이러한 야전에는 있을 수 없는 장비였다.

한데 몬스터 웨이브가 발생을 하자 텍사스 헌터 협회는 급히 이곳 휴스턴에 설치를 한 것이었다.

기존 휴스턴 전역에 퍼져 있던 캡슐 센터의 시설들을 전부 회수하여 몬스터 웨이브 방어선이 펼쳐진 곳과 가까운 이곳 슈거랜드에 집결을 시켰다.

몬스터 웨이브를 막다 보면 많은 숫자의 헌터들이 부상을 당해 후송을 오게 될 것을 예상하고 최대한 빠르게 헌터들을 회복시켜 다시 전장에 투입을 하기 위한 조치였다.

하지만 한국에서 재식과 언체인 길드원들이 100명밖에 안 되는 소수로 몬스터 웨이브를 상대하다 보니, 부상을 당한 헌터들은 예상보다 많지 않았다.

사실 재식과 언체인 길드가 있는 곳은 몬스터 웨이브의 중심이라 가장 많은 사상자가 나올 것을 예상했다.

하지만 오히려 부상자 별로 나오지 않았을 뿐만 아니라 회복 캡슐을 사용할 정도로 크게 다친 사람조차도 없었다.

그러다 보니 정작 이곳 회복실을 사용한 이들은 몬스터

웨이브에서 비교적 안전하다 판단이 된 좌우 날개 부분에 위치한 헌터들이었다.

이들이 몬스터 웨이브의 주력을 막고 있을 때, 좌우 날개 부분을 빠르게 밀기로 하였다.

하여 지지부진한 중앙을 지원해 낸다는 계획을 세웠는데, 그런 미국 정부와 헌터 협회의 생각은 어처구니없게도 처음부터 꼬여 버렸다.

한국에서 온 재식과 언체인 길드의 저력이 이들이 예상한 것 이상으로 강력했기 때문이다.

그 때문에 중앙에 몰려 있던 몬스터들이 진로가 막히자, 비교적 이동이 수월한 좌우 날개 쪽으로 흘러들어 갔다.

그 결과 예상보다 많은 몬스터가 유입이 되어서 좌우에 배치가 된 미국의 헌터들이 사상자가 많아졌다.

이렇게 미국의 헌터들이 주로 사용하던 회복 캡슐 중 한 곳에 재식이 수용되어 치료를 받고 있었다.

뽀그르르!

회복 캡슐 안에서는 간간이 기포가 형성이 되어 피어올랐다.

캡슐 안에 있는 액체는 던전에서 발견되는 포션을 현대 과학으로 분석하여 재구성한 복제품이었다.

그렇다 보니 만약 언체인 길드에 있는 캡슐이었다면, 좀 더 빠르게 부상에서 회복이 되었을 것이었다.

하나 안타깝게도 현재 재식이 들어가 있는 캡슐 안에 사용된 것은 포션의 다운그레이드라고 할 수 있는 복제품이라 성능이 떨어지는 편이었다.

그런데 웬걸, 재식의 몸은 빠르게 재생이 되어 가고 있었다.

그도 그럴 것이, 재식의 신체는 사실 그냥 두어도 하루 저녁만 자고 일어나면 회복이 되었을 것이기 때문이다.

다만, 전투 중 부족한 체력과 마력을 보충하기 위해 몬스터의 심장을 섭취한 것이 문제가 되어 제대로 된 활동을 하기까지 시간이 좀 더 필요할 뿐이었다.

그렇지만 이러한 사실을 모르는 미국인들은 재식을 회복 캡슐에 넣은 것이다.

덕분에 자연 회복을 하는 것보다는 조금이나마 빠르게 손상된 신체를 회복하는 것은 물론이고, 억지로 섭취한 몬스터의 심장으로 인해 오염이 된 내부가 점점 안정되고 있었다.

"으음……."

과도한 마력 사용으로 탈진한 재식은 회복 캡슐 안에서 치료를 받고 있는 와중 급격히 늘어나는 마력으로 인해 기절한 상태에서도 작게 신음성을 터뜨렸다.

비단 재식의 몸은 현재 마력만 늘어나는 것이 아니라 신체도 더욱 강화되는 중이기 때문이다.

ㅈㅈㅈㅈ—

재식이 들어 있는 회복 캡슐은 이로 인해 작게 진동을 하였다.

삐— 삐— 삐— 삐빅— 삐빅—

"어? 무슨 일이야!"

갑자기 요란하게 울리는 비프 음에 회복실 밖에서 헌터들의 바이털 사인을 보고 있던 의사들이 놀라 소리쳤다.

지금까지 수많은 헌터들이 회복 캡슐에 들어갔지만, 이렇게 갑작스러운 비프 음을 낸 경우가 전혀 없었다.

다다다.

하얀 가운을 입은 의사들이 급히 신호가 울리는 회복 캡슐을 향해 뛰어갔다.

"어?"

놀라 뛰어왔던 의사들은 요란하게 울리는 비프 음과는 다르게 캡슐 안에 들어 있는 재식의 너무나 평온한 모습을 보고는 고개를 갸웃거렸다.

하지만 분명 체크기에 그려진 그래프는 정상이 아님을 나타내고 있었다.

인간이 그려 낼 수 있는 범위를 한참 벗어난 그래프를 보면서 의사들은 하나같이 경악을 하였다.

"무슨 일이 벌어지고 있는 거야?"

"무슨······."

의사들은 자신의 눈을 믿을 수가 없었다.

지금까지 많은 환자들을 보아 왔다.

하지만 눈앞에 있는 환자와 같은 이를 단 한 번도 본 적이 없었다.

"캡슐 안에 있는 포션을 흡수하고 있다!"

의사 중 한 명이 소리쳤다.

"뭐? 그게 정말이야?"

캡슐에 연결된 포션의 에너지를 들여다보며 또 다른 의사가 되물었다.

"무엇 때문인지는 모르겠는데… 포션의 에너지를 급하게 흡수하고 있어. 그런데 그게 또 환자의 에너지를 상승시키기까지 하다니."

여기 있는 의사들은 모두 헌터와 관련된 연구를 하는 사람들이었다.

부상을 당한 헌터들이 회복 캡슐에 들어가 회복하면서 보이는 반응을 기록하고, 보다 효과가 좋은 성분이 들어간 포션의 복제품을 개선하는 연구를 하고 있었다.

물론 이들의 목적은 그것만이 아니라 각성 헌터에 비견되는 시술 헌터를 만들어 내기 위한 연구도 함께하고 있었다.

그렇기에 현장에서 재식이 실려 왔을 때, 이들은 현재 수용하고 있던 헌터보다 더욱 큰 관심을 가졌다.

그도 그럴 것이, 이들도 한국에서 지원을 온 재식에 대해 잘 알고 있었다.

한국의 4번째 S급 헌터, 그러면서도 각성 헌터에 버금가는 시술 헌터였다.

이는 자신들이 만들고 싶어 하는 궁극적인 시술 헌터의 모습이었다.

물론 연구는 아직까지 진행형인데 어떻게 유전자 시술 부분에서 자신들보다 기술력이 떨어지는 한국에서 이런 헌터가 나올 수 있는지 이해할 수가 없었다.

그 탓에 재식에게서 직접 체세포를 채취를 하여 연구를 하고 싶었지만, 어찌된 일인지 바늘이 그의 피부를 뚫지 못해 실패를 하였다.

다만, 이곳으로 실려 오기 전 쏟은 피를 수거하여 다른 연구소에 넘겼지만, 솔직히 별다른 기대는 하지 않고 있었다.

이미 공기 중에 오염이 되었을 것이 분명하기 때문이다.

그래서 어쩔 수 없이 이렇게 캡슐에 측정기를 연결하여 관찰을 하고 있었다.

한데 거기에 돌연 이상 반응을 보이니, 이들로서는 도대체 재식의 유전자가 어떻게 구성이 되어 있는지 궁금해 미칠 지경이다.

*　　　　*　　　　*

회복실의 의사들이 재식의 신체 변화에 관심을 가지고 있을 때, 정작 재식은 장시간의 전투와 과도한 마력의 사용으로 인해 새로운 상황을 맞이하였다.

이번 미국의 몬스터 웨이브는 재식에게 전화위복의 전환점을 마련해 주었다.

재식은 기가스의 심장과 어스 드레이크 오마르의 마나 하트를 이식하면서 그것들의 능력을 모두 끌어다 쓴다고 생각했다.

그런데 가지고 있던 마력을 아낌없이 사용하다가 무리한 마력 사용으로 내상을 입었다.

이후 회복 캡슐에 들어와 부상을 회복하는 과정이 재식에게 새로운 기회를 열어 준 것이다.

전투 중 섭취한 몬스터의 심장과 피, 그리고 마정석을 통해 신체의 업그레이드와 마력의 상승이 이루어졌다.

하지만 그것들은 아직 정제되지 않은 마력.

이간의 몸으로 받아들이기에는 무리가 있었고, 그건 독이나 마찬가지였다.

한데 캡슐 속의 포션에 담긴 에너지가 몬스터의 심장과

피가 담고 있던 변형된 마력을 해독하는 작용을 하였다.

만약 포션이 없었다면, 재식은 훨씬 더 오랫동안 기절해 있어야 했을지도 모른다.

그러다 보니 재식의 신체는 보다 더 빠르게 업그레이드가 돼서 마력이 이전보다 훨씬 더 많아지게 되었다.

이 과정에서 회복 캡슐에 연결된 체크기에 재식의 급격한 변화가 감지가 된 것이었다.

의사들이 바이탈 체크기의 다급한 신호에 달려오는 동안 과도한 마력을 사용한 후유증으로 기절을 한 재식도 어느새 정신을 차리고 있었다.

하지만 내부 마력의 폭발적인 증가를 느낀 탓에 그것을 갈무리하기 위해 정신을 집중하느라 일부러 눈을 뜨지 않고 있을 뿐이었다.

몽클몽클.

재식의 몸이 회복되고 더 나아가 신체가 업그레이드되면서 캡슐 안에 변화가 생겼다.

그의 땀구멍에서 먹물과도 같은 액체가 나와 캡슐 안에 있는 수용액과 섞이기 시작한 것이다.

그 때문에 맑은 핑크 빛을 띠던 포션의 색깔이 점점 혼탁해져 갔다.

이를 눈치챈 의사들이 저들끼리 뭔가 떠들기는 했지만, 재식에게 전혀 들리지 않았고 또 들린다 해도 그런 것에는 관심이 없었다.

재식의 관심사는 현재 자신의 신체에 벌어지고 있는 일을 조용히 관조하는 것이었나.

지금 이 일이 자신에게 어떤 것을 안겨다 줄지 너무나도 잘 알고 있는 재식이기에 속으로 기쁨을 만끽했다.

그는 앞으로 상대해야 할 적이 얼마나 강하고 많은지 전혀 알지 못하는 상황에서, 현재 자신이 가지고 있는 힘에 대한 확신이 없었다.

그래서 사상 초유의 몬스터 웨이브가 발생을 하자 길드원들을 데리고 이곳 미국까지 날아온 것이었다.

나름 단단히 준비를 하고 오기는 했지만, 확실히 5, 6등급 몬스터로만 이루어진 웨이브는 쉽게 생각할 수 있는 수준이 아니었다.

특히나 몬스터임에도 등급이 올라갈수록 높은 지능을 가지고 있다는 것을 확인이라도 시켜 주듯 유기적인 움직임을 보였다.

그래도 그것까지는 상대할 만했다.

하지만 재앙급 이상의 몬스터가 나타나자 상황은 급변했다.

기존의 몬스터들도 사실상 헌터들만으로 상대하기 힘들지경이었다.

그런데 재앙급 이상의 몬스터가 합류를 하자 전황이 헌터들에게 급격히 불리하게 넘어갔다.

그나마 다행인 건 타르쿠스가 자신과 일대일을 자청하면서 헌터들이 뒤로 물러설 시간을 주었다는 것이다.

아마도 그건 타르쿠스가 자신을 과소평가하면서 나온 방심의 결과가 분명했다.

일대일 전투가 자신의 생각대로 돌아가지 않자, 그는 뒤로 물린 몬스터들을 앞장세워 다시 물량전으로 전환하였다.

그것만 봐도 몬스터가 단순하게 본능으로만 움직이지 않다는 것을 알 수 있었다.

그러니 대책을 세워야만 했다.

몬스터가 이번처럼 단순히 숫자만으로 몰아붙일 거라고는 생각하지 않았다.

다음번 전투에는 작전과 물량, 그리고 레벨까지 높은 몬스터들이 몰려들 것이 분명했고, 그때까지 안전하게 이를 막을 수 있는 기반을 만들어야 한다는 숙제를 깨달았다.

재식은 그 대책으로 도구를 생각했다.

헌터는 하루아침에 만들어지는 것이 아니다.

그것이 시술 헌터이든 각성 헌터이든, 아니면 새롭게 탄생한 정령사이든 간에 한 사람의 몫을 할 수 있게 만들기 위해선 많은 자본과 자원, 그리고 시간이 필요했다.

하지만 헌터들이 사용하는 도구는 달랐다.

기존의 헌터들을 순수하게 한 단계 이상 성장시키기는 힘들지만, 도구를 업그레이드시켜 주어 전투력을 높이는 것은 너무나 쉬운 일이었다.

싸움을 못하는 어린아이들에게 칼 한 자루만 들려주면 그만큼 전투력이 상승한다.

물론 그것으로 어른과 싸운다고 해서 이길 수는 없겠지만, 상대가 방심하면 큰 부상을 입힐 수도 있었다.

그런데 그것이 만약 단순한 칼이 아닌 장전된 총이라면, 아마도 부상 정도로 끝나진 않을 것이다.

이러한 결론을 내린 재식은 더욱 강력해질 적들을 상대하기 위해 그동안 숨겨 둔 능력을 이제는 내보일 때가 되었다는 생각을 하였다.

이전에는 그것을 지킬 자신이 없어 꽁꽁 숨겨 두었지만 이제는 아니다.

타르쿠스를 상대함으로서 재식은 자신의 힘에 자신감을 가질 수 있게 되었다.

이전에는 성신 길드의 길드장인 백강현 때문에 생긴 강자에 대한 트라우마가 남아 있었다.

하나 이번에 타르쿠스를 일대일로 상대하며 자신의 힘을 자각했고, 자신이 죽인 어스 드레이크 오마르와 비슷한 전투력을 가진 일본의 재앙 야마타노 오로치를 물리친 백강현에 대한 트라우마를 지울 수 있었다.

그러니 자신이 가진 아티팩트 제작 기술을 선보여도 이를 지켜 낼 수 있다는 자신감을 가지게 된 것이었다.

'앞으로는 다를 것이다.'

재식은 누구에게 하는 것인지 알 수 없는 말을 되새기며 눈을 번쩍 떴다.

〈『헌터 레볼루션』 12권으로 계속…〉